「君はどこもかしこもきれいで、汚いところなどない。君の全身にくちづけたい」

（本文より抜粋）

DARIA BUNKO

副社長の紳士的な熱愛

名倉和希

ILLUSTRATION 逆月酒乱

ILLUSTRATION
逆月酒乱

CONTENTS

副社長の紳士的な熱愛

左手首にはめた腕時計をちらりと見て、原田千紘《はらだちひろ》は現在時刻を確認した。

午前十時を五分過ぎたところだ。ボストン空港発の旅客機は、ほぼ定刻どおりに成田空港《なりたくうこう》に到着したと聞いている。そろそろ迎えのハイヤーが本社玄関前に着くはずだった。

千紘は本社ビルのエントランスにずらりと並んだ重役たちの端にいる。妙な緊張感が漂うなか、隣に立つ秘書室長が小声で話しかけてきた。

「原田君、くれぐれもラザフォード氏のこと、頼むよ」

「わかっています」

「君のことだから、そつなくアテンド役をこなしてくれるだろうが」

はぁ、と上司の口からため息が零《こぼ》れる。それを聞き流し、千紘は挨拶《あいさつ》をすませたあとのことを考えた。

千紘が働く一ツ木薬品《ひとつぎやくひん》という会社は、中堅規模の製薬会社だ。創業六十年、同族経営を続けてきた。会社独自のヒット商品は少ないが、一般的な総合感冒薬や頭痛薬、胃腸薬などの品質に定評があり、堅実な経営を続けてきた。四代目社長が無謀な投資でもしないかぎり、会社が危うくなることはないだろうと、のんびりした空気が漂っていた。

それが年明けすぐに、アメリカに本社を置くラザフォード・コーポレーションという多角的企業に買収された。

一般社員たちにとっては寝耳に水だったが、創業家一族と大株主たちは、昨年後半からの株の買い占めの動きに気づいていたという。しかし、気づいていたからといって、対抗策がすぐに打てるわけもない。あっという間に株の五十パーセント以上がラザフォード・コーポレーションのものになってしまい、筆頭株主となった。

ラザフォード・コーポレーションは創業三十年ほどで、もともと、調剤に必要な機器を製造、販売している会社だった。病院や調剤薬局に販路を持っていた同社は、数年前から製薬の分野に手を広げ始めた。欧米で手広く商売をしていたのだが、日本には進出していなかった。

一ツ木薬品の買収は、おそらく日本での販路を獲得するためのものだろう、というのが経済界の見方だ。

その予想を裏付けるように、一ツ木薬品の社員は解雇されず、そのまま勤務することが許された。四代目社長も追い落とされることはなかったが、オーナー社長ではなく雇われ社長になった。

そのラザフォード・コーポレーションから、副社長のエドワードが来日する。創業者である現社長の長男のエドワードは、日本が初めてらしい。彼のための専属アテンド役として、千紘が指名された。

指名してくれたのは、エドワードの末妹、アレキサンドラ・ラザフォード。通称アレックス。アレックスは一週間ほど前から来日して業務連携作業にあたっていたラザフォード・コーポレーションの本社社員チームの中にいて、千紘は彼女の目に留まったようだ。

秘書室の中で、千紘は一番英語が堪能で、沈着冷静のうえに気配りがうまいと評価をもらった。それは素直に嬉しい。

日米の業務を連携するのは面倒事が多い。薬の生産と販売について、国によって法律や習慣が違う。それについて、千紘はずいぶんと通訳として活躍した。本社社員チームの健康状態にも気を遣い、気分転換のための提案をしたり宿泊先のホテルに差し入れをしたりと、気づいたことはすべてやった。

秘書として一ツ木薬品に入社して四年。若輩者ではあるが、そうした自分なりの仕事に対する姿勢を認められると嬉しい。世界的企業の副社長がどんな人物かわからないが、そのアテンド役を、精いっぱい、務《つと》めようと思っている。

ラザフォード・コーポレーションのウェブ公式サイトによると、エドワードは三十五歳。独身のイケメンだ。掲載されている写真は好感度の塊《かたまり》で、栗色の髪と瞳から柔らかい印象を受ける。けれど首から肩にかけてはとてもがっしりしていて、スーツの中身は逞《たくま》しい筋肉が詰まっているのだろうなと想像させた。

さらに少しでも情報を集めたいとラザフォード・コーポレーション社員チームにエドワードの人物像を尋ねたら、「厳しいけれど人間味があって、正当に評価してくれる人」と返ってきた。アレックスは、「仕事はできるから副社長として信頼している。でもプライベートではわりとぼんやりしている」と、褒《ほ》めているのか貶《けな》しているのかわからない評を口にした。

誰に聞いてもあまり悪い話は聞かなかった。エドワードが副社長になってから業績が伸び、社員たちの待遇も悪くない。大企業の重役というだけでなく、ラザフォード家は元から裕福で上流《アッパークラス》育ちなのに、とても気さくな人柄らしい。

（好感が持てる人だといい……）

たとえ気難しい人物であっても対処する覚悟はある。自分の職場に関わる重要なポジションにいる人だ。できれば人間的に好きになれる人であってほしいというのは、欲張りだろうか。

千紘はゆっくりと深呼吸して平常心であろうと努《つと》めた。選ばれたと舞い上がっていてはいけない。いつものように、冷静に、相手をよく観察して、ゆっくり丁寧に喋《しゃべ》るように心がけよう。

秘書は天職だと思っている。

高校時代は憧れの従兄と同じく製薬の研究者になりたかった。しかし千紘の頭脳は明らかに文系だった。理系進学を諦めて泣く泣く文系に進んだが、そこでゼミの教授や講師陣の雑用を引き受けているうちに、自分の特性に気づいた。細々《こまごま》とした書類整理やスケジュール作成、誰かのためになにかをしたいという性格は、裏方作業に向いているのではないかと思った。それで製薬会社の秘書業務を希望することにしたのだ。

買収されても変わらずに秘書業務が続けられるのは幸運だと思う。できればこのまま働き続けたいので、与えられた任務を果たしたい。エドワードにはぜひ充実した日本滞在期間を送ってほしい。

「あ、おいでなすったぞ」

秘書室長がぼそっと呟《つぶや》いた。透明ガラスの自動ドアの向こう側に、黒塗りのセダンが停車した。こちらが手配したハイヤーだ。助手席から素早く降りてきた外国人の男は、おそらく同行してきたラザフォード・コーポレーションの社員。彼が後部座席のドアを開けると、がっしりとした体格の長身の男が降りてきた。

エドワード・ラザフォードだ。

ウェブサイトに掲載された写真のとおりのイケメン。栗色の柔らかそうな頭髪は自然にウェーブがかかっていて、瞳も同じ色。マッチョというほどではないが、オーダーメイドらしいスーツの下にはやはりしっかりと筋肉がついているように見えた。

単なる創業者の息子というだけでなく、ハーバード大学を卒業した秀才だという。精力的に製薬分野に業務を拡大しているのは、このエドワードらしい。たしかに、一見して生命力が漲《みなぎ》っているのが感じられる人物だった。

（すごく、素敵だ）

千紘はついそんな感想を抱いてしまった。写真を見てルックスが好みだと思ってはいた。実物はそれよりも数倍は魅力的だ。外国人が特別に好きというわけではない。けれど嫌いでもない。洋画を観て、この人いい、と軽く思うのと一緒だ。

千紘はゲイだ。誰にもカミングアウトしていない。初恋は従兄で、想いをずっと胸に秘めたまま生きてきた。片想いの辛さや苦しさを紛らわせるため、ほかの誰かとセックスする気にはならなくて、二十六歳になるこの年まで誰とも肌を合わせたことがない。

きっとこのまま年老いていくのだろう。両親はすでに亡く、兄弟もいないが、寂しいとは思わない。千紘には仕事があるし、親代わりに親身になってくれた伯父夫婦もいる。

ハリウッド映画のアクションスターのような外国人がこんな近くに、と舞い上がりそうになり、密かに深呼吸した。運のいいことに、千紘は感情があまり顔に出ないたちだ。これも秘書に向いていると思う点だった。

「ハジメマシテ、ニホンノ、ミナサン。ワタシハ、エドワード・ラザフォード。ヨロシクネ」

これだけは覚えてきた、とでも言いたげな照れくさそうな笑顔で、エドワードが並んでいた重役たちに挨拶をした。パチパチパチとまばらな拍手が起こり、端から順番に握手をしていく。

千紘の前にエドワードがやって来た。先に握手をすませていた秘書室長が、千紘をアテンド役だと紹介してくれる。

『はじめまして、ミスター・ラザフォード。私は秘書室のチヒロ・ハラダと申します』

『ハラダ、よろしく』

握手した手の大きさに軽く驚く。間近で対峙《たいじ》すると、身長差は十センチ程度なのに、それ以上の差を感じた。筋肉がつきにくい体質の千紘が、ほっそりしているからだろう。

『ミスターが快適に過ごせるよう、精いっぱいのことをしたいと思っています。なんなりとお申しつけください』

栗色の瞳が微笑《ほほえ》んだ。『期待している』と言い残し、エドワードは重役たちとともに会議室へ移動する。秘書室長のあとについて、千紘も会議室へ入った。

会議室にはアレックスたち、ラザフォード・コーポレーションの社員チームがすでに来ていて、PCのセッティングをすましていた。

『兄さん、無事に着いてよかったわ』

歩み寄ったアレックスをハグし、エドワードは微笑んで『元気そうだ』と声をかける。

『東京の食事は美味しいの。ずっとここにいたら太っちゃいそう』

『それは大変だ』

兄と妹の気安い会話を、ラザフォード・コーポレーションの社員チームの者たちは聞き流している。彼らにとっては珍しいことではないらしい。

全員が席に着くと、エドワードが英語で挨拶をした。それを千紘の上司である秘書室長が通訳する。四代目社長が立ち上がり、長々と挨拶を始めると、エドワードはころあいを見計らって中断させた。

『日本式の挨拶は、私にはあまり必要ないようだ。今日中に話し合うべきことを先にすませよう。時間が惜しい。日本では残業は美徳かもしれないが、私はそうは思わない。定時を超えても抱えた仕事が片付かないのは、その社員の能力不足だし、人手不足なのだと思う。私は間

違ったことを言っているか？』

エドワードは皮肉っぽく言いながらも、自分よりずっと年長の重役たちに対して軽蔑《けいべつ》するような色は見せない。上から押しつけすぎない、下手にも出すぎない、微妙な匙加減《さじかげん》だ。

『私はこのヒトツギという会社を潰すつもりはない。ラザフォード・コーポレーションが日本へ進出するための重要な足がかりになってもらいたい。とはいえ、経営方針や事業展開については、こちらのやり方を多少は取り入れてもらわなければ困る。意味がわかるかな？』

重役たちは通訳係の室長をちらちらと見ながら、戸惑った様子で頷《うなず》く。

了承を得たと判断したか、エドワードがアレックスに目で合図を送った。すると室内の照明が落とされ、正面のスクリーンにグラフが映し出された。すぐにアレックスの説明が始まる。

室長がフル回転で通訳を務めるのを、千紘は気の毒に思いながら見守った。

日本市場の現状と、一ツ木薬品の業績、厚生労働省の動き、そしてラザフォード・コーポレーションの目標などが、アレックスによって解説されていく。合間に出されるエドワードの質問は明確で、鋭い。千紘はさすがだと感心した。

重役たちの中でも反応が分かれた。実情を把握して仕事をしている者と、創業家一族の出身でお飾りの重役になってしまっている者。千紘は彼らの行く末が見えるようだった。エドワードはきっとこの場のことをあとで役立てる。伊達《だて》に世界的大企業の副社長をやっているわけではないだろう。彼も創業者の息子ではあるが、お飾りではないのは一目瞭然《いちもくりょうぜん》だ。

現場のほぼすべてを把握しているアレックスとのやり取りは白熱し、千紘は感動するほどだった。予定どおり、この日の会議は二時間で終了した。エドワードは室長を連れてアレックスとともに会議室を出ていく。研究施設へ行くことになっていた。千紘は本社に待機だ。

秘書室に戻るとすぐに、同僚が声をかけてきた。

「ラザフォード家の長男、どうだった？」

三つ先輩の顔をちらりと見て、千紘は自分の席に着き、ＰＣを立ち上げる。

「サイトで見た写真と同じでした」

「そういうことを聞きたいわけじゃないって。相変わらずクールだな、原田は」

ため息まじりにぼやき、千紘から離れていった。仕事中の雑談は無駄だと思うほうなので、同僚が早々に諦めて離れていったことにホッとする。

まずは宿泊予定のホテルにあてて、メールを送信しなければならない。エドワードが予定どおりに来日したこと、ホテルに向かう時には事前に必ずフロントに連絡するので、ウェルカムドリンクや装飾の花など、再度チェックをお願いしたいことなどをしたためて送った。

するとすぐに返信があり、エドワードの荷物が届いていること、なにか変更点があったらコンシェルジュが速やかに対応するのでなんでも言ってほしいことが書かれていた。さすが外資系高級ホテルだ。海外のＶＩＰレベルの客の対応は心得ている。

（夕食はどうするんだろう）

旧態依然としている重役連中は接待のための会食をしたいようだったが、エドワードは断っている。社員や役員を今すぐリストラするつもりはなくとも、先の短い年寄りたちと仲良くするつもりはないようだ。

（アメリカ人だし、あの体格からして、肉かな）

ホテル内にいくつか飲食店が入っているが、千紘はエドワードの要望に応じられるように、移動時間三十分以内の範囲でいくつかの飲食店をピックアップして話を通してあった。

夜の東京を観光したいと言いだした場合にも、いろいろとプランを作ってある。長時間フライトのあとなので疲労を訴えたら、リラクゼーションルームにすぐ入れるよう、ホテル側と話もついていた。

（あの人を喜ばせてあげたい）

千紘はエドワードの笑顔を思い出し、ごく自然にそう思った。

◇◇◇

「サクラが咲いていないな」

成田空港からの道すがら、エドワードはハイヤーの窓から外を眺めながら呟いた。エドワードと並び、後部座席に座っている第一秘書のクラークが「もう五月ですから」と答えた。

「五月でも咲くだろう？　本国を発つ前にネットニュースを見たら、どこかの公園が満開で、花見客で賑わっているとあったぞ。あれはフェイクニュースか？」

「副社長、日本の国土は細長いのです。ご存じでしょう？　北と南ではサクラが咲く時期がずれます。そのニュースはどの地方の公園のことを報じていましたか？　たぶん東京よりもずっと北ではないですか」

「地名までは見ていなかった……」

「サクラを楽しみにしていたのでしたら、残念でしたね」

クラークは子供を宥《なだ》めるような温《ぬる》い目でエドワードを見た。

副社長第一秘書のクラークは、四十五歳になるベテランだ。元は現社長であるエドワードの父の秘書だった。かつては豊かな金髪をきれいにセットしていたクラークだが、今は両耳の上にわずかに残るだけ。運動全般が苦手らしく、年相応に脂肪がついてきた体を、食事制限でなんとかしようと努力中なのを知っている。

「どこまで北上すればサクラが見られるのかな」

買収関係ですでに何度か日本を訪れているクラークに質問してみる。

「さあ、どうでしょうね。これから行くヒトツギ薬品の秘書課の者に聞けば、わかるのではないですか。副社長用にアテンド役を用意したと、アレックスから連絡が来ましたから」

「アテンド役？　買収した企業の秘書にそんなことを頼むのか」

「私もそう思ったのですが、アレックスがどうしてもと言うので……。私と別行動になる副社長のことが、心配なのではないですか。もしアテンド役になにかありましたら、すぐに解任すればよろしいでしょう」

「……そうだな」

アレックスは末妹の愛称だ。本名はアレクサンドラという。

エドワードは四人弟妹の長子で、すぐ下に弟、次に妹、一番下にアレックスがいる。上の妹は早くに結婚し、夫の転勤に子供とともについて回っている。今どこの国にいたかな、とエドワードは首を捻《ひね》った。弟は大手の保険会社に入り、現在はNY《ニューヨーク》本社に勤務していた。弟妹の中で自分と末の妹だけが、父親の会社で働いていることになる。アレックスは勤労意欲の塊で、エドワードの下でよく働いてくれていた。

数年前に会社の方針として製薬分野に乗り出すことを決め、各国の中堅会社を買収してきたが、率先して動いてくれているのはアレックスだ。今回も日本へ派遣するチームメンバーを選抜する際、アレックスが一番に手を挙げた。

子供のころ、アレックスは紅茶色の髪と瞳が美しい、少しはにかみ屋の可愛らしい娘だったのに、今は髪をベリーショートにし、ろくにメイクアップもせずにパンツスーツで颯爽《さっそう》とオフィスを闊歩《かっぽ》している。仕事が趣味とでも言いたげに、生き生きとした顔を見せて。

アレックスは二十九歳だ。大学生時代はそれなりに恋人がいたようだが、最近はまったく聞かない。会社のために夢中で働いてくれるのはありがたいが、エドワードにとっては可愛い妹だ。自分の幸せを見つけてくれてもいいんだぞ、と心の中でいつも思っている。本人には絶対に言わないが。余計なお世話だと不愉快にさせてしまうのは明らかだ。

そもそもエドワードも色っぽい話とはもう何年も無縁だった。二十代のころは忙しい日々を送りながらも付き合っている女性がいた。しかし三十歳になったころ、父親から会社の半分ほどの経営を任されてしまい、副社長という肩書きまでつき、とてもプライベートを充実させる余裕がなくなった。クラークはそのときにエドワードの元へ来た。『よく働くから頼りになるぞ』と父親から譲り受けたのだ。

ほとんど自然消滅のように恋人とは終わり、以来、五年も色恋沙汰とは縁がない。

だが最近、ふと恋人が欲しいなと思う瞬間がある。現在の立場に慣れてきて、余裕が生まれたのかもしれない。それとも、弟に決まったパートナーができたと聞いたからだろうか。

弟のアーサーはハイスクール時代にゲイだと家族にカミングアウトした。両親もエドワードも妹たちも驚いたが、大切な弟の勇気ある告白を受け入れて、家族全員がアーサーの味方だと結束を強めた。

アーサーはモテるようで、特定の恋人が欲しいと公言しながらも、享楽的な付き合いばかりを続けていた。家族はみんな心配していたものだ。

ところが去年の夏、日本支社に赴任したときに、日本人青年と恋に落ちた。両親に恋人の写真を送ったのも初めてなら、滞在先のホテルとはいえひとつの部屋で寝起きし、同棲状態にあったというのも初めてだ。

つい先日、NY本社へ戻ることになり、驚いたことにその恋人を連れていったという。それほど真剣なのだろう。喜ばしいことだ。落ち着かなかったアーサーがついに生涯の伴侶を手に入れた。次は自分か、とエドワードが無意識のうちに思ったとしてもべつにおかしくない。

だが今までエドワードは恋愛にうつつを抜かしたことがなかった。この人となら生涯をともにしたいと決意させるほどの愛とは、いったいどんなものなのだろうか。一生わからなくとも、たぶんべつに困りはしないだろうが……。

(仕事が楽しいのがいけないのだろうな)

自嘲《じちょう》気味《ぎみ》に笑い、エドワードはごちゃごちゃとした印象の街並みを眺める。東京の人口密度はかなりのものらしい。ただでさえ広くない国なのに、国土の七十パーセント以上が山林だという。ここに一億人以上も住んでいるのだ。

日本国内で中堅規模の一ツ木薬品を買収した。これを足がかりにどこまで業界に食い込んでいけるか。すでに承認されている医薬品はもちろんのこと、未承認のものもどんどん認めさせて日本国内に流通させたい。

エドワードには自信があった。自社の製品はクオリティが高いし、欧米各国で実績もある。アレックスをはじめとする社員たちは有能だ。絶対に日本でも成功するだろう。

「副社長、そろそろ到着します」

クラークに声をかけられて、エドワードは前方に視線を移した。十階建ての古ぼけたビルの敷地に車が入っていく。創業六十年というから、この自社ビルはずいぶん前に建てられたのだろう。けれど建物の周囲には新緑が美しい植木が並び、ゴミひとつ落ちていない。エドワードの来日に合わせて掃除をしたのかもしれないが、それでもよい心がけだと思う。

ビルのエントランスロビーにずらりとスーツ姿の男たちが並んでいた。待っていてくれたらしい。一人ずつ握手をしていき、最後にスリムな青年と対峙した。

「はじめまして、ミスター・ラザフォード。私は秘書室のチヒロ・ハラダと申します」

年寄りばかりが並ぶ中、一人だけ若い。エドワードのためのアテンド役だった。すっきりとした顔立ちとまっすぐに見上げてくるきれいなまなざしは、邪心をまったく感じさせない。握手した手もほっそりとして白く、けれど女性っぽさはない。

漆黒の髪は前髪がやや長く、軽く横に流している。ちらりと見える額《ひたい》は丸みを帯びていて、そこだけ子供っぽさを感じた。露《あら》わになっている耳は小さくて、耳朶《じだ》だけがほんのりと赤みを帯びているのは緊張しているからだろうか。

これぞオリエンタルビューティ、といった印象を受けた。

その後は重役たちと会議室に移り、アレックスたちとも合流し、具体的な業務についての話し合いになった。その場に原田は同席していなかった。

次に顔を見ることができたのは、その日に予定していた仕事が終わってからだった。

アレックスが秘書室に声をかけ、原田を連れてきた。

「ハラダ、兄をよろしくお願いします。日本は初めてなの」

「承知しております」

にこっと原田が笑った。仕事用だとわかる笑みだが、不快ではない。

「さて、ミスター・ラザフォード。これからどうしますか？　食事でしたら何店舗かピックアップしていますし、お疲れのようでしたらいったんホテルに移動しましょう」

「……そうだな、まずは食事にしようか」

「なにが食べたいですか？」

原田がサッと差し出したのはファイルで、中には各国の料理店が写真付きできれいにファイリングされていた。秘書としての必須能力である、情報の整理はうまいようだ。とても見やすくてプレゼンテーション能力もあるらしい。

「君はどこがお薦めなのかな」

「日本食がご希望でしたら、このあたりですね。ミスターの空腹具合はどうですか？　こちらだと軽く、こちらではわりとガッツリと。あと、アルコールはワインがお好きだと聞きましたが、日本酒を試してみませんか？」

いろいろと薦めてくるが、押しつけがましくなく、かつ自分がエドワードのなにを知りたいのかはっきり言葉にしてくれるところがいい。

「お腹は空いている。機内食を昼に食べて以来、コーヒーしか口にしていないからね。そうだな、初めての日本だから、日本食をまず攻めてみようか。だが寿司はいらない。実は生魚が苦手なんだ。絶対に食べたくないというほどではないから、ビジネス上で必要ならば相手に合わせて食べることはできる。けれどプライベートでは避けたい」

「わかりました。覚えておきます。では、今夜は居酒屋に行ってみましょうか。メニューが豊富ですし、とっておきの日本酒を揃《そろ》えている店があるんです」

原田に促されて、エドワードは本社ビルをあとにした。

その夜は、とても楽しい時間を過ごせた。原田が連れていってくれた居酒屋はうるさすぎず静かすぎず、ちょうどいい雰囲気で、料理はどれも美味《おい》しかった。メニューだけではなにがなんだかわからないので原田に任せてみたら、エドワードの食べ方を見てどんどん好みを把握していき、中盤以降は苦手だと感じる味付けや食材のものは一切出てこなくなった。

さらに、料理に合う日本酒を店員と相談して飲ませてくれ、エドワードはＳＡＫＥの魅力にはまった。

ご機嫌で店をあとにし、タクシーでホテルに向かった。荷物はすでに最上階のスイートルームに運ばれていて、常温の水がちゃんと用意されていた。水の銘柄も、エドワードが愛飲しているものだった。

ほろ酔いのエドワードの目に、原田の微笑は神々しく映った。リビングのソファに体を投げ出すようにして座り、水を飲む。

「君は素晴らしいアテンド役だ」

「ありがとうございます。ミスター、シャワーは明日の朝になさったほうがよろしいでしょう。今夜は長時間フライトのあとですし、疲労もあって酔いが回っているのだと思います」

「そうだな、このまま眠ってしまいたいくらいだ」

暑苦しさを感じてネクタイを緩めようとしたが、うまくいかない。「失礼します」と一言断ってから原田がエドワードのネクタイを解き、首から抜いてくれた。

「ベッドまで歩けますか?」

「肩を貸してくれ」

自分よりも二回り以上は体格が劣る原田に支えてもらい、エドワードはなんとかベッドに移動できた。ベッドルームには爽《さわ》やかな香りのアロマがほんのりと焚《た》かれている。高級リネンのシーツが、酔いで火照《ほて》った肌に気持ちいい。

「ミスター、それではまた明日。おやすみなさい」

耳元で原田の声を聞いたような気がしたが、エドワードは睡魔に秒殺されて、深い眠りに落ちていった。

◇◇◇

千紘はホテルのエントランスロビーに来ていた。

エドワードは昨夜、ずいぶんと酔っていた。酔いつぶすつもりはまったくなかったし、本人もアルコールには耐性がある口ぶりだったので、薦めてしまった。おそらく飲み慣れない日本酒が、思いのほか効いたのだろう。

時刻は午前八時。ここから本社までは車で十分足らずだが、シャワーを浴びて朝食を取るとなると、それほど時間に余裕があるとは言えない。

千紘は携帯電話を取り出して、エドワードに電話をかけてみた。千紘の番号は昨日登録してもらったので、誰から電話がかかってきたのかわかるはず。なかなか応答がなくて、フロントにいるコンシェルジュに声をかけようかと逡巡《しゅんじゅん》したときだった。

『ハロー、ハラダ？』

「ミスター、おはようございます」

元気そうな声に、千紘はホッとした。もう起きていたようだ。

『どうした？　私になにか用事かな』

疑問に思うのは当然だ。千紘は今朝、エドワードに電話をする予定はなかった。千紘に任されたアテンド役は、終業後と休日だけだった。

「体調はどうですか？　二日酔いになっていませんか？」

『ああ、それは大丈夫。心配してくれたのか？　ありがとう』

優しさが滲《にじ》む低音に、ドキンと心臓が躍《おど》りそうになってしまう。ルックスが好みなら、声も好みのど真ん中だ。癖のない英語と落ち着いた口調、鼓膜に響く低音。

「体調が悪くないのならいいです。朝から電話をしてすみません。それではまた、終業後に」

『待て、ハラダ。もしかして今ホテルに来ているのか？』

「はい、来ています。昨夜の様子から、どうしてもミスターの体調が気になったので……」

『だったら部屋まで上がっておいで。私は今から朝食なんだ。コーヒーくらいならご馳走できる』

「それは……ありがたいですけど、ご迷惑では？」

『迷惑だったら最初から誘わない。私は日本人ではないので、ストレートにしかものを言えないんだ』

エドワードの声が笑っている。本当に行ってもいいようなので、待たせてはいけないと、千紘は急いでエレベーターに乗った。最上階のスイートルームに到着してインターホンのボタンを押すと、すぐに扉が開いた。

「おはよう」

ワイシャツ姿のエドワードが顔を出した。まだネクタイは締めていない。薄いワイシャツ生地の下に充実した筋肉が張っているのがわかる。またドキッとしてしまい、慌《あわ》てて目を逸《そ》らした。

「おはようございます。失礼します」

「実は紅茶もあるんだ。コーヒーと紅茶、どちらがいい？」

「では紅茶を」

「なにを入れて飲む？」

「ミルクをお願いします」

ダイニングテーブルにホテル提供のイングリッシュブレックファストがきれいに並べられていた。エドワードがみずからティーポットからカップに紅茶を注いでくれる。ありがたく両手で受け取り、差し出されたミルクピッチャーから少しだけ牛乳を入れた。

「君はもう朝食はすませたのか？」

「自宅で取ってきました」

一日の始まりは朝食から、と子供のころにしつけられた千紘は、朝食を抜いたことはない。ご飯と味噌汁が理想だが、今朝はトーストとゆで卵とホットミルクだった。千紘も慣れないアテンド役で疲れていて、昨夜は翌日の食事のことなど考える余裕がなく、一人暮らしのアパートに帰るとシャワーを浴びてすぐに寝てしまったのだ。

エドワードは食事を始めた。さすが育ちがいい。ナイフとフォークを使う手つきは優雅で、とてもきれいに食べる。十五分ほどで食べ終わると、タブレットでワールドニュースを見ながらコーヒーを飲んだ。

「ハラダ、昨夜は申し訳なかった」

それまで黙っていたエドワードが唐突に謝罪してきたので、びっくりした。

「なにがですか？」

「君に酔った私の面倒を見させたことだ」

ちらりと横目で見てきたエドワードは、口角をくっと下げていた。

「酔っていたとはいえ、ベッドルームまで付き合わせるのはやりすぎだ。秘書に命じることではなかった。私は社員に対して暴君になるつもりはない。君は毅然《きぜん》とした態度で断ってもよかった」

「……はい、申し訳ありませんでした」

エドワードをベッドまで運んだことは社員として行きすぎた行為だと思わなかったが、それはきっと千紘が日本人で、旧態依然の一ツ木薬品に大学卒業後から四年も勤めているからだろう。アルバイトは経験があっても、正社員として勤務したのは一ツ木薬品しかない。ほかを知らなかった。

秘書室長は五十代で、彼が入社当時の三十年前は、宴会の席で男性の新入社員が裸踊りを披露して盛り上げるのが恒例だったらしい。さすがに現在はそこまでやらされることはないが、宴会で飲みすぎた上司を介抱するのは、部下の仕事だ。

　エドワードはアメリカ人だし、今は各種ハラスメントにうるさい時代なので、一夜明けて酔いが醒めてから反省したのだろう。そこまで配慮できなかった千紘が悪い。素面《しらふ》に戻ったときのエドワードの心情を思えば、拒まなければならなかったのだ。

「次回からは気をつけます」

　着席したまま頭を下げたら、エドワードがため息をついた。

「どうしてここで謝るかな……」

「すみません」

「だから謝らなくていい」

　苦笑いを向けられて、千紘は困惑する。

「この場合、謝るのは私だけだ。日本人はみんなこうなのか？　いや、我が社にはさまざまな人種が働いているが、ここまで腰が低い者は――」

　ぶつぶつと言いながら、エドワードが千紘をじっと見つめてくる。躊躇《ためら》いながらも目を逸らしてはいけないような気がして、千紘は神妙な気持ちで受け止めた。

「もっと自己主張してもいいんだ。こんなことは自分の仕事ではない、と拒むことも覚えたほうがいい」

「はい、わかりました」

千紘が従順に頷くと、エドワードがまたため息をつき、コーヒーを飲む。意に添わない返事をしてしまったのだろうか。

「困ったな。ハラダの態度は改善したほうがいいと思いながらも、抗《あらが》いがたい魅力を感じてもいる。君の仕事ぶりは、どうやら私にとってとても居心地がいいようだ」

それは褒められているのだろうか、それともダメ出しされているのだろうか。なんと返したらいいかわからなくて黙っていたら、「週末のことだが」とエドワードが話題を変えてきた。

「週末ですか。なにかご希望でも」

「サクラが見たい」

桜、と頭の中でその言葉を反復する。即座にどこへなにを問い合わせればいいか、上着のポケットから携帯電話を取り出し、メモ帳に思いついたことを入力していく。

「可能か？」

「可能だと思います。今の時期ですと、東京からかなり北へ行かないと見られませんが、まだ咲いている場所はあると思います」

北海道《ほっかいどう》まで行かなければならないかもしれない。日本一遅い桜祭りが行われる場所として、釧路《くしろ》の地名を聞いたことがあった。例年だとそれは五月中旬。今年はどうだろうか。もしすでに散ってしまっていたとしても、釧路近辺で標高が高い場所にある桜なら、まだ咲いている可能性がある。

「ですが泊まりがけの遠出になるかもしれません。大丈夫ですか？　なにかほかに用事があるのでしたら、そちらを優先させたほうがいい場合があります」

千紘自身、北海道へ行ったことがない。それでも移動にかかる所要時間はだいたい予想がついた。

「いや、サクラを見たい。春に日本へ行くことがあったら、絶対に花見をしたいと思っていた」

「わかりました。ご希望に添えるよう、調べてみます」

課題を与えてもらえて、千紘はホッとした。これはきっとエドワードの気遣いだ。昨夜の挽回をする機会を与えてくれた。

千紘は彼を本社に送り届けたあと、花見の行程について徹底的に調べ、航空券その他を素早く確保したのだった。


釧路の桜は満開を過ぎ、散り始めていた。千紘はそれが気がかりだったが、日本の桜を初めて生で見たエドワードは、桜吹雪に感動してくれたようだった。

春の青い空の下、ほとんど白に見える桜の花びらが、風が吹くたびに雪のように舞う。

「……素晴らしい……」

エドワードは桜並木の下に立ち尽くし、ぽかんと口を開けて眺めている。その後ろで、千紘は満足のいく結果を得ることができて安堵《あんど》していた。張っていた気を緩めて景色を楽しんでみれば、たしかに散り際の桜は見事だ。

春は年度末の繁忙期ということもあり、ここ数年、まともに花見などできていなかった。ひさしぶりの花見が北海道の釧路で、しかもラザフォード・コーポレーションの副社長であるアメリカ人と一緒だなんて、ほんの半年前までは考えてもいなかった。

桜祭りが開かれている公園はそこそこの賑わいを見せており、スーツにコートという格好の千紘と、カジュアルなダウンジャケットを着た外国人という組み合わせは、多少は人目を集めていたが怪訝《けげん》な顔をされる雰囲気ではなかった。

昨今、海外からの観光客が増えて、どんな田舎でも外国人を見かけるようになったからだろうし、明らかに千紘は仕事で接待しているように見えるからだろう。周囲の視線はうるさいほどではなく、その点においても安堵した。エドワードが快適に過ごしてくれることが、千紘の望みだ。

週末ということもあってか、公園内にはいくつか屋台が出ていた。

「ミスター、日本のファストフードを試してみませんか」

エドワードを屋台に誘い、ジャガバターを購入した。緋毛氈《ひもうせん》が敷かれたベンチに腰を下ろし、割《わ》り箸《ばし》を渡す。エドワードは箸の使い方がまだあまりうまくない。けれどジャガ芋に箸を刺してもいいですよ、と千紘がアドバイスするとそのとおりにして食べた。

「美味《うま》い。味の想像がついていたので構えずに口にしてみたら、思っていたよりもずっと美味かった。これはロケーションの効果かな」

「そうかもしれませんし、北海道はジャガ芋の生産地でもありますから美味しいのかも」

「なるほど。君も食べなさい」

「はい、いただきます」

二人で桜を眺めながらジャガバターを食べた。熱々のジャガ芋がほっくりしていて、肌寒さを忘れさせてくれる。バターの塩味と香りが食欲をそそった。

「しかし、君のアドバイスどおりに防寒してきてよかった。この地方はまだ寒いんだな。東京とぜんぜん違う」

「五月半ばになってもまだ桜がまだ咲いているということは、寒冷地ということですから」

「アメリカも地方によってはまったく気候が違う。それは広いからなんだが、日本は国土が南北に細長いからだな」

「そうですね。南の沖縄では、もうそろそろ海で泳げるのではないでしょうか」

「京都は今どんな季節だ？　一度行ってみたいと思っている」

「京都ですか。あそこは盆地で、夏はとても暑いです。五月半ばも過ぎれば、衣替えが近くなってきますし、天気のいい日は暑いと思いますよ。ですが真夏よりはマシな季節ですね。興味がおありなら、来週末は京都方面へ出かけてみますか？」

「東京から遠いのか？」

「新幹線で行けます。二時間ちょっとで東京駅から京都駅まで行けますから、無理をすれば日帰りが可能な距離です。私としてはできれば一泊していただいて、京都市内の神社仏閣を見学して回ってほしいです。日本の歴史ある建築物や文化に触れるのも、ミスターにとっては有益かと思います」

「よし、来週はそれだ」

「調べておきます」

提案が受け入れられて、ごく自然に笑みが浮かぶ。エドワードもにっこりと微笑んだ。

「ハラダ、ここまで私を連れてきてくれてありがとう。素晴らしい光景を見ることができて、満足だ」

「ミスターに喜んでいただけて、私も嬉しいです」

エドワードのおかげで千紘も今年は花見をすることができた。

今日はこのあと札幌《さっぽろ》に移動してホテルに泊まり、明日は札幌市内を軽く観光する予定だ。もっと時間に余裕があれば、この釧路から知床《しれとこ》方面へ足を伸ばして雄大な自然を楽しめたのだが、一泊二日の旅程では無理がある。それに生ものが苦手だというエドワードの好みも考慮して、新鮮な海産物よりも札幌でジンギスカンを食べてもらおうと考え、店を予約してあった。

「ランチはどうしますか？」

「この近辺にレストランはあるのか？　とてものどかな雰囲気の街だが……」

パッと見、公園の周囲には飲食店の看板はない。けれど人里離れた寂しい場所ではないので、インターネットで検索したら何件かはヒットしていた。それよりも公園の案内所でもらったパンフレットが参考になりそうだ。

それを広げてエドワードに見せる。英語のパンフレットだ。案内所にはほかに中国語と韓国語のものが用意されていた。

「蕎麦屋《そばや》、ラーメン屋、定食屋など、徒歩圏内にいくつか飲食店があるみたいです」

「地元の住人が経営している店か。いいね。私はラーメンを食べてみたい」

「では行ってみましょう」

朝早く東京を出てきたので、ジャガバターを食べたくらいではエドワードほどの体格の持ち主にとって腹の足しにはなっていないだろうと思っていたら、本当にそうだったようだ。行き先を決めたらエドワードは大股でスタスタと歩きだし、千紘は慌てて追いかけた。

パンフレットの簡易的な地図を頼りにラーメン屋を探し、なんとか混み合う前に見つけることができた。たいして並ばずに中に入れたのは幸運だった。

「北海道なら、やっぱり味噌ラーメンでしょう」

千紘の一言でエドワードは味噌ラーメンを注文し、一緒に食べた。チャーシューの横にコーンとバターがのったラーメンに目を輝かせ、エドワードは美味しそうに食べた。箸の使い方は不器用ながら外国人観光客が夢中になって食べる姿に、店主もほかの客も笑顔になっていた。エドワードは「このラーメン一杯が八百円は安すぎる」と、店主に英語でまくしたて、困惑させた。

その後、もう一度桜吹雪を見てから、タクシーで釧路空港へ戻り、札幌へ飛んだ。ジンギスカンは美味しかった。エドワードは上機嫌で、千紘もすっかりアテンド役を忘れて食事を楽しんでしまい、ビールも飲んだ。押さえてあったホテルも申し分なく、翌日は天気がよかったので予定どおりに飛行機が飛び、東京まで戻ってくることができた。

仕事なのに、とても楽しい週末だった。

次の週末はエドワードの妹のアレックスも加わって、三人で京都へ行った。

北海道まで桜を見に行ったとエドワードがアレックスに話したところ、「私も行きたかった。今度は連れていって」と兄にねだったからだ。相談を受けた千紘はすぐにアレックスの分の新幹線チケットを手配し、予約を入れた旅館に一部屋追加を頼んだ。

京都は初めてだという二人のアメリカ人兄妹を連れて、千紘は京都へ行った。天候に恵まれ、スケジュールに余裕を持たせていたので多少のトラブルは難なく処理でき、二人は京都旅行に満足してくれたようだった。

宿泊先を老舗《しにせ》旅館にしてよかった。初めての畳に二人は目を輝かせ、布団と露天風呂に興奮していた。旅館の好意でアレックスは華やかな柄の浴衣を着付けてもらい、写真を撮りまくっていた。アレックスはすっかり京都が気に入ったようで、またいつか行きたいと言ってくれた。

エドワードもそうだが、アレックスも気さくな人柄で、上流と呼ばれる階級に属しながら無理なわがままは言わない。あるがままを受け入れてくれる、柔軟な精神を持ち合わせている理性的な人たちだった。

エドワードの日本滞在は約二週間。

明日にはエドワードがアメリカに帰ってしまうという日、千紘は寂しさを感じた。

毎日、終業後の数時間と、二度の週末を過ごし、やや人見知りの気がある千紘もすっかり打ち解けてしまっていた。相手は大企業の副社長で外国人だ。自分はただのアテンド役に過ぎない。わかっていたけれど友情を感じて、別れが寂しくなった。

図々しいのではないかと思い悩み、そのことばかり考えていたら、最後の夕食をホテルのレストランで取っているときにポロリとそれらしいことを零してしまった。

「図々しい？　なぜそういう発想に至るのか、君は不思議な思考回路を持っているんだな」

呆《あき》れた顔をされて、千紘は「すみません」と俯《うつむ》く。

「私だって君に友情を感じている。これで当分会えなくなると思うと寂しい。これだけ一緒にいる時間が長かったんだ。当然のことではないかな」

エドワードも同じ気持ちだと知り、千紘は嬉しくなった。

食後のコーヒーを飲みながら、二週間の思い出話をした。そして次に来日したときに行ってみたい場所、食べてみたいものをエドワードから聞き、千紘は律儀にメモを取る。そんな千紘を、エドワードは栗色の瞳で優しく見つめてきた。

「明日はヒトツギの本社に顔を出して、そのまま成田空港へ向かう。君と言葉を交わす時間はないだろう。ここで言わせてくれ。君はいい秘書だ。次回、日本に来たとき、絶対にアテンド役はハラダにしてほしいと、私が指名させてもらう。また会おう」

「はい、ありがとうございました」

固い握手をして労《ねぎら》ってもらい、千紘は胸がいっぱいになった。

◇◇◇

エドワードが本国に戻る日を迎えた。

一ツ木薬品の社員たちとは本社のエントランスで別れ、エドワードは妹のアレックスと秘書のクラークとともにハイヤーに乗りこむ。居並ぶ重役たちの端に、原田がいた。こちらをじっと見つめている。後ろ髪を引かれる感覚というのは、こういうことを指すのだろうと、エドワードも彼を見つめ返した。

原田との別れの挨拶は昨夜、きちんとすましている。彼はアテンド役として申し分ない働きをしてくれた。原田のスケジュール管理は見事で、かといってエドワードを急かすことなく予定どおりにすべてを動かしていく。こちらをまったく不愉快にさせない。

おそらく秘書業務においても、こうした能力をいかんなく発揮しているのだろう。かなり有能な人材だ。

原田の感情は、いつもフラットに安定している。彼でも驚愕《きょうがく》したり焦《あせ》ったり大笑いしたりすることがあるのだろうか。プライベートで関わっていったら、もっと違う面を見せてくれるのかもしれない。原田の喜怒哀楽をもっと見たいと思う。けれどエドワードは今日帰らなければならなかった。

成田空港へ向かうハイヤーの中でなんとなく気分が沈みがちになっていたら、アレックスが「どうしたの、兄さん」と声をかけてきた。

「具合でも悪いの？」

「いや、もう少し日本に滞在していたかったなと思ってね」

「そうね、兄さんはハラダのおかげでずいぶんと楽しそうだったものね。私はまだ帰らないから、兄さんには悪いけどもう少し日本を楽しむわ」

「ハラダを使ってはいけないぞ。彼のアテンド役は私の帰国とともに終了だ」

「わかっているわよ。でも彼、いいわ。かゆいところに手が届くっていうのよね、ああいう気が利く人間のこと。なにをやらせてもそつなくこなしそう。クラークの後継者になるんじゃないかしら？」

アレックスの何気ない思いつきの発言に、エドワードはハッとした。

「そうか、それはいい案だ。クラーク、どう思う？」

助手席に座っているクラークがちらりと振り向いた。

「私に預けてもらえるなら、鍛えてみせますが」

これで決定したも同然だ。アレックスは自分の提案が受け入れられたことが嬉しいのか、さらに時期にまで言及した。

「ちょうど来月、ヒトツギ薬品の社員を研修目的で何名かボストンの本社に連れていく予定じゃない。そこにハラダも入れたらどうかしら。向こうでも使えるかどうか、様子を見たら？ほら、海外の空気に馴染めるかどうかもわからないし」

「そうだな。そうしよう」

来月。また原田に会える。今度はアメリカで。

別れにしんみりとしていた気持ちが一気に上向きになり、エドワードは鼻歌でもうたいたい気分になる。

「でも、まさか兄さんがそれほどハラダを気に入るなんて」

アレックスが苦笑いしながら肩を竦《すく》める。

「アテンド役にハラダを選んだのはおまえだろう」

「そうよ。経験が浅いわりには仕事ができて清潔感があって、そばにいても存在感がうるさくない男の人っていいと思ったの。それに、下手に女の秘書なんか選んだら、絶対に兄さんに色目を使うでしょ？　だから男の人にしたのよ」

「色目って……」

「兄さんはもっと自覚してちょうだい。ものすごくわかりやすい、はっきりとした金持ちの独身男なのよ。年ごろの女なら、大部分は狙《ねら》いに来る美味しい獲物なんだから」

「そんな、世の中の女性をハンターのように言うものじゃない」

「ハンターなのよ。私がどれだけ兄さんに群がるハイエナどもを追い払っていると思ってるの？　兄さんのために忙しく日々戦っているのに、そのおかげで超ブラコンって言われて迷惑だわ。少しは労ってよ」

どうやらアレックスが忙しすぎて恋人がいない理由の何パーセントかは、自分にあるらしい──と判明した。

「それでハラダを選んだんだな」

「そうよ。兄さんはアーサーと違ってゲイじゃないから、ハラダは安全だと思ったの。それに彼ってぜんぜんセックスの匂いがしないじゃない。無性っぽいわよね」

「あああ、そう言われてみると……」

「もしかして童貞かしら」

「アレックス、下品な邪推をするな」

「ごめんなさい」

ふふふと笑ってアレックスは口を閉じた。兄として言いすぎた妹を叱《しか》ったわけだが、エドワードも実は同感だった。原田は無性っぽい。本当はアンドロイドだと言われても、そうだったのかと納得してしまいそうだ。

（彼の感情に触れてみたい……）

次に会えたときには、ビジネス用ではない笑顔をもっと見てみたいと思った。

◇◇◇

ピンポーンと玄関の呼び鈴が鳴り、千紘は「はい」と返事をしながらスチールドアを開けた。

予想どおり、トランクルーム会社の男性社員だった。部屋の中に招き入れて、預けたい家具と家電、ダンボール箱の実物を指し示しながら挙げていく。

「とりあえず半年、お願いしたいんですけど。延長はその都度、できるんですよね？」

契約終了、あるいは延長の場合などの説明を受け、千紘は荷物を運び出す日の段取りを確認した。社員はタブレットにつぎつぎと入力していき、料金の見積もりを作る。三十分ほどで帰っていき、千紘はダンボール箱だらけのワンルームを眺め、あらためてため息をついた。まだまだ片付いていない。単身者用のワンルームとはいえ、就職してから四年間も暮らした部屋には、いろいろと荷物があった。

一ツ木薬品の東京本社から、急遽《きゅうきょ》、ラザフォード・コーポレーションのボストン本社への出向が決まったのは一カ月前だ。ビザが発行されしだい、向こうへ行くことになる。

千紘以外には営業部と開発部からも若手中心に辞令を受けている。合計十名が、短くて半年、長ければ数年単位でアメリカに行くことになった。どうやらボストン本社で研修させ、使えないようなら即座に帰国命令が出るからしい。さすが実力主義のアメリカだ。はっきりしている。

自分はどうだろうか。やっていけるだろうか。

秘書室から行くのは、千紘だけだ。室長は、副社長来日時のアテンド役が評価されたのでは、と言っていた。本当にそれが理由だろうか。だったら嬉しい。

「まさか、パスポートが役に立つ日が来るなんて」

海外へ行ったのは、大学四年時の卒業旅行以来だ。あのときは友人たちと台湾《タイワン》へ遊びに行った。しかし渡航歴はそれだけで、パスポートは引き出しの中に放置されていた。特に海外への憧れがなかったので、こんな機会でもなければパスポートが使われる日は来なかったかもしれない。

わずか半年で帰国する可能性はなきにしもあらずだが、アパートはいったん退居することにした。この際だからと不要なものはすべて捨てて、保存しておきたいものだけをトランクルームに預ける。

新天地でいったいなにが待ち受けているのか、恐ろしくもあり、楽しみでもあった。なにより行った先にはエドワードがいるかもしれないのだ。

ラザフォード・コーポレーションの本社はボストンにあるが、業務の中心はNY支社だという。今回、千紘たちが行くのはボストンで、エドワードはNY支社にいて、本社にはいないかもしれない。それでも会う機会があるかも、と思うだけで楽しみだった。

部屋着のポケットで携帯電話が電子音を奏でた。『浅野啓子《あさのけいこ》』と表示されている。伯母だ。

「もしもし？」

『千紘君？　引っ越しの準備は進んでいるの？　伯母さん、手伝いに行こうか？』

中部地方らしいイントネーションに、郷愁を感じる。

「大丈夫です。ワンルームだし、持っていくものは衣類くらいなので。僕よりも、伯母さんの体調はどうですか？」

『あら、なんにも問題ないわよ。元気！』

伯母は三年前、心臓の手術をした。もともとあまり丈夫ではなく、出産は一度で精いっぱいで、それも命がけだったと聞く。加齢とともに悪くなっていき、担当医師と相談のうえ手術に踏み切った。手術前より元気になったとはいえ、無理ができない体なのは変わらない。季節の変わり目などは心配になる。

『千紘君までアメリカに行っちゃうなんて、寂しいわ。もう哲也《てつや》には連絡したの？』

「まだです。今日中には絶対にしようと思っています。時差を考えると、どのタイミングで電話したらいいのかわからなくなってしまって、躊躇っているうちに日がたちました。もうメールを送ることにします」

伯母と話すと、どうしても従兄の哲也が話題に出てくる。もう過去のものになったはずの心の傷が、ちくりと痛んだ。

『ちょっと待って、お父さんが千紘君と話したいって』

そう言い、なにやらごそごそとやり取りしている音のあと、『千紘君？』と呼びかけられた。伯父の重之《しげゆき》だ。声が哲也とよく似ている。千紘は思わず目を閉じた。

「……こんにちは、伯父さん」

『あたらしい場所へ飛びこむのは勇気がいることだが、アメリカでも君のペースで頑張れ。あんな大きな会社の副社長に気に入られるなんてすごいことだ。だが無理はするなよ。体にだけは気をつけて』

「はい、伯父さんも」

『いつでも帰っておいで。私たちは君の親代わりなんだから』

「ありがとう」

一ツ木薬品が買収されたとニュースになったときは心配して電話をかけてきてくれた伯父夫婦には、本来なら直接会いに行って説明したかった。けれど引き継ぎやら荷物の整理やらで時間が取られて、中部地方に住む二人にはなかなか会いに行くことができなかった。このまま渡米することになるだろう。

通話を切り、荷物の整理にふたたびとりかかる。テレビ台の引き出しから、子供時代の写真が出てきた。そういえばここにしまってあったんだ、と一枚を手に取った。十歳の自分が、従兄と一緒に写っている。

表情が乏しく青白い顔をした自分の横にいるのは、目鼻立ちのはっきりした利発そうな少年。二つ年上の哲也は、伯父夫婦の一人息子だ。

「哲也……」

千紘は七歳のころに父親を病気で亡くし、十歳で母親を事故で亡くした。その後、母の兄である重之が引き取ってくれた。伯父夫婦は千紘に親切だったが、あまりの孤独感に笑うことができなくなっていた千紘に力を与えてくれたのが、哲也の存在だった。

哲也のことは幼いころから知っていた。同じ県内に住んでいたこともあって、親戚が集まる盆と正月には、欠かさず顔を合わせていた。おたがいに一人っ子で年が近いこともあり、仲良くなりたくて、会うたびにできるだけ哲也の近くに座ることを心がけ、懸命に話しかけようとした。二言、三言の会話だけでも嬉しかった。親戚の集まりは面倒でも、千紘は哲也に会うために出席していた。

大人たちが哲也を評するときに口にする「とても優秀」という言葉の本当の意味がわかったのは、同居するようになってからだ。

当時、哲也は地元の小学校に通っていたが、小学六年生ですでに高等数学を自主的に学んでいた。学校の授業が物足りないと言っては、伯父にせがんで難しい本を買ってもらっていた。頭脳明晰、スポーツ万能、おまけにテレビに出ている子役よりも顔立ちが整っている。学校の先生は哲也を「神童」と呼んで特別視し、周囲の子供たちも同じように哲也を称賛した。

そして哲也は、謙虚さとは無縁だった。もともとそういう素質があったのか、それとも周囲がそうしてしまったのか、小学生にしてすでに彼は暴君だった。突然同居することになった千紘に対して、「弟ができて嬉しい」と喜びつつも、使いっ走りとしていいように扱った。クラスメイトは当然のごとく召し使いで、いつも取り巻きがいた。

けれど嫌われてはいなかった。世界は自分を中心に回っていると豪語していたが、哲也は立ち回りが非常にうまく、生まれながらに人をコントロールする術《すべ》を熟知しているようだった。千紘も哲也のためならなんでもするほどに、崇拝《すうはい》してしまっていた。

哲也は中学受験をして、県内でも有数の進学校に入った。地元では当然のことと受け止められ、千紘も誇らしく思った。千紘も哲也に続きたかったが、どんなに頑張っても学力が足らず、別の学校に進学した。

その直後、千紘にとって衝撃的な――けれど第二次性徴を迎えた子供には別段驚くべきほどのことではなかったが――出来事が起こった。中学三年、十五歳になった哲也は女の子と付き合い始めたのだ。

それまではどれほど女の子に告白されても関心を示さなかったのに、中学三年になってすぐ、年上の女子高生と付き合い始め、あっという間に深い仲になった。どうしてそれを千紘が知ったかというと、本人から聞いたからだ。

「女の体って、あんなに気持ちがいいものだったんだな」

笑いながら、千紘にそう報告してきた。そのとき自分はどんな表情だったのだろうか。哲也になんと返したのだろうか。目の前が真っ暗になったことは覚えている。十三歳にして、千紘は哲也に恋をしていたことを自覚し、同時に失恋した。

思い返してみると、千紘は異性に興味を持ったことがない。同性愛者だった自分に気づき、絶望した。伯父と伯母に申し訳ないと思った。引き取って育ててくれているのに、その家の一人息子を好きになってしまったなんて。

誰にも知られてはいけない。千紘は想いに蓋《ふた》をして、なにもなかったように振る舞うしかなかった。

三カ月ほどして、哲也はその女の子と別れた。それも本人から報告され、千紘は「残念だったね」と慰めた。哲也は女の子には優しかったから、もっと付き合いは続くと思っていたので意外だったが、まだ十五歳だ。いくら勉強ができても、それだけでは解決できない問題があったのかもしれないと思った。

哲也は特に落ちこむことなく、すぐに別の女の子と付き合い始めた。それからは短いスパンでつぎつぎと相手を替えていくようになる。長くて三カ月、短ければ一週間。人通りの多い駅前で、女の子たちが哲也の取り合いでケンカを始めたり、ホテル街で目撃されたりし、妊娠させて堕胎《だたい》させたという噂《うわさ》も流れた。

さすがに人としてどうなのか、と地元で眉《まゆ》をひそめられるようになったが、それでも哲也はよくモテた。付き合う相手に困らないほど。

千紘は哲也が女の子と問題を起こすたび、辛さを感じた。蓋をしたはずの恋心が、まるで自身がヤリ捨てされた女の子のように傷ついた。苦言を呈する伯父夫婦に哲也が言い返し、怒鳴り合いに発展したとき、その仲裁をするのは千紘の役目になっていた。

「おまえは俺の味方だよな」

哲也にそう言われて、千紘は頷く以外になかった。たとえ下半身に節操がなくとも、哲也は相変わらず千紘のヒーローだった。

「おまえ、金持ってる？　ちょっと融通してほしいんだけど」

そう金をせびられるようになったのは、千紘が高校生になってからだ。高校に進学したころから千紘はアルバイトを始めていた。放課後三時間と土日祝日、コンビニエンスストアで自分の小遣い稼ぎのために働いた。両親の死亡保険金は銀行口座に残してあり、まったく現金がないわけではなかった。それまでは伯母に月々小遣いをもらっていたが生活費は甘えていたので、高校生になったらアルバイトをしようと決めていた

伯父は「小遣いくらい遠慮するな」と言ってくれていたが、哲也が東京の私立大学へ進学するなら大金が必要になる。そのくらい高校生になればわかっていた。

毎日こつこつとコンビニエンスストアで働き、勉強の手抜きもしない生活は大変だったが、自分で選んだ道だ。よくしてくれた伯父たちのためにも、いい大学へ行って、堅実な会社に就職し、自立したかった。

哲也は相変わらずいつも違う女の子を侍《はべ》らせつつも、進学校の中でトップの成績を維持していた。そんな哲也が千紘のアルバイト代をあてにするようになった。

最初は「一万でいいから貸してくれ。すぐ返すから」と言われて、疑うこともせずに出した。哲也は学業優先でアルバイトをしていなかったが、伯母から充分な小遣いをもらっていたからだ。しかし貸した金は返されることなく、また「貸して」と哲也は頼んでくる。

何度か繰り返されるうちに、哲也は返すつもりがないとわかった。それでも千紘は言われるがままに出し続けた。好きな男が、きれいな笑顔でお願いしてくるのだ。たとえそれがラブホ

テル代になると予想がついていても、拒めなかった。

やがて年上の哲也は地元を離れて東京の私立大学へ進学し、伯父夫婦の家を出た。

金の無心の頻度は減ったが、なくなりはしなかった。電話がかかってきて指定口座に振り込むように言われたり、帰省したときにまとまった金額を要求されたりした。働いても働いても貯金は増えない。けれど哲也を嫌いにはなれなかった。

哲也は薬科大学の薬学部に進んでおり、研究者を目指して精力的に勉強しているようだった。きっと仕送りだけでは足らなくて、かといってアルバイトをする暇がないんだと思いこんだ。「ありがとう、おまえが頼りだ」「おまえみたいな優しい弟がいて嬉しい」と言われれば、哲也のためになっていると満たされた。

二年後、千紘も東京の大学へ進学した。千紘はどうあがいても文系の能力しかなく、哲也とは違う道を歩まざるを得なかった。二人とも都内に住んでいても電車の路線がまったく違い、あまり会えなかった。けれど会えば、千紘は金を渡した。千紘は両親の保険金で大学の授業料と生活費をまかなっていた。欠かさずにアルバイトはしていたが、それほど余裕があるわけではない。そんな事情を知っているにもかかわらず、哲也は悪びれもせずに「ちょっと融通してくれよ」と甘えた声音で電話をしてくる。

慣れすぎて、善行だと思いこもうとしていたが、これはおかしいのではないかと我に返ったきっかけは、哲也の就職だった。

哲也は優秀な成績で大学を卒業し、大手の製薬研究所に入った。専門性の高い研究者なのだから、そこそこの給料はもらっているはず。それなのに、学生時代と変わらず千紘に金を要求してくる。

利用されているだけ、感謝の言葉は口先だけ、弟だなんて微塵《みじん》も思っていない——そう認めるのは辛かった。

大学三年になっていた千紘は、じきに始まる就職活動の準備を理由に、哲也から距離を置くことに決めた。電話がかかってきても、金の話になりそうだと察すると、話題を変えた。アルバイトを減らしたので金がない、と嘘《うそ》もついて、予防線を張った。

しかし、電話やメールはなんとかなっても、直接会いに来られるとダメだった。断りきれずに金を出してしまう。それでもなんとか頻度を減らすことは成功していた。

転機が訪れたのは、それから三年ほど後のこと。

千紘は大学卒業後、一ツ木薬品という中堅の製薬会社に入った。哲也が人間的にどうしようもない男だとわかっていても、研究者である彼とどこかで繋《つな》がりを持ちたかったからだ。

秘書課に配属されて二年がたつころ、哲也は社会人になって四年たっていた。

伯父から電話があり、突然、哲也が会社を辞めたことを知らされた。彼はいきなりアメリカのサンフランシスコに渡り、バイオベンチャー企業を立ち上げたのだ。しかも哲也は公私をともにするパートナーを見つけていた。どうやら学会で出会ったアメリカ人の女性研究者と意気投合し、二人で一攫千金《いっかくせんきん》を追い求めることにしたという。

思い切ったことをする哲也に驚愕しつつも、彼らしいと思った。そして同じ研究者の女性と一緒に暮らしていると聞き、これで一区切りついたとホッとした。哲也は十五歳以来、恋人を欠かさなかったが、一度も同棲したことはなかった。その哲也が生活をともにしているのなら、よほど馬が合う女性なのだろう。

きっともう金の無心の電話はかかってこない。それ以外の用事などないから、連絡は途絶えるのかもしれない。寂しいけれど、普通の「ちょっと疎遠な従兄弟」になれたような気がして、心が軽くなった。涙が出るほどの衝撃はなく、初恋がいつのまにか思い出になっていることを、千紘は自覚した。

「今、サンフランシスコは何時だろう」

子供のころの写真をまとめて袋に入れる。これはトランクルームに預けるほうのダンボール箱に、と大切に入れた。ボストンに持っていくのは一枚だけだ。大学生時代、伯父家族と花見をした時の写真。千紘にとっての大切な家族写真だ。フォトスタンドに入れて飾ってある。それをボストン行きの荷物に入れた。

インターネットで時差を調べたら、時差は十六時間だった。日本が夕方なら、向こうは深夜ということになる。

「まだ起きているかな？」

哲也がどんなタイムスケジュールで生活しているのかわからず、結局はメールを送った。一ツ木薬品がラザフォード・コーポレーションに買収されたことは、おそらくニュースで知っているだろう。日本国内だけの買収話ならばアメリカにいる哲也の耳に入らなくてもおかしくないが、ラザフォード・コーポレーションは医療機器の世界的企業だ。

買収にともない、本社があるボストンへ研修名目でまず三カ月行くことになった、と報告する内容の文章を送る。

送信して十分ほどで、驚いたことにメールの返事ではなく、電話がかかってきた。

『もしもし、千紘？』

約二年ぶりになる肉声だった。にわかに緊張してきて、千紘は背筋を正してしまう。記憶にあるとおり、伯父の重之によく似ている。

『ラザフォードが一ツ木を買収したことはニュースで知っていた。それでどうして千紘がボストン本社に行くことになったんだ？』

いきなり本題に入るのが哲也らしい。ひさしぶりに言葉を交すのに、「元気だったか」の一言もない。

「ひさしぶり、哲也。サンフランシスコの生活はどう？」

『あ？　まあ、そこそこ快適だ』

「研究は進んでいる？」

『ぼちぼちな。それよりも、おまえがボストンに行く話だ。いつ出発する予定なんだ』

意外なほど哲也は千紘のボストン行きに興味があるようだ。

「来週にはこちらを発つよ」

『それはいつから決まっていたことなんだ』

「一月《ひとつき》前に打診はされていて。断る理由はないので、この一月《ひとつき》は引き継ぎをして、自宅の荷物を少しずつまとめて――」

『会いたい』

「えっ？」

ひさびさに聞くワードに、千紘は思わず聞き返していた。

『ボストンに着いたら連絡をくれないか。千紘に会って相談したいことがある』

「相談……？」

今まで哲也から相談を受けたことはない。金を要求するときはストレートにそう言われていた。

「会うっていっても、サンフランシスコからボストンまではずいぶんと距離があるけど？」

『そんなもの、空路でひとっ飛びだろ。俺が会いに行くから、絶対に連絡をくれ』

「う、うん、わかった」

『おまえにしか相談できないことなんだ』

今までに感じたことがないほどの緊迫感がある声音に、千紘は嫌な予感しかしない。なにかとんでもない無理難題を押しつけられそうな気がして、メールを送ったことを後悔した。

けれど黙っていても渡米の件は、伯父たちの口からいつか伝わるだろう。

哲也はなにを相談してくるつもりなのか――。考えていると気が重くなり、千紘は何度もため息をついた。

◇◇◇

一ツ木薬品の社員がボストン本社に到着した。

その知らせを受けて五日後、エドワードはNY支社からボストンへ飛んだ。

本当は即日にでも移動したかったのだが、どうしても外せないビジネス上の用事があって、五日後になってしまった。

本社ではアレックスやクラークが受け入れ態勢を整え、すべてを任せられるようになっており、エドワードがわざわざ足を運ぶ必要はない。実際、滞りなく研修は行われていると、報告を受けていた。しかし、エドワードはじっとしていられずにボストンへ向かったのだ。

空港からまっすぐ駆けつけたエドワードの姿を見て、本社の誰もが「副社長は日本進出にかなり力を入れている」と好意的に解釈したようだった。もちろんエドワードはどこの国に進出するときも真剣に取り組んできた。日本の市場へ食いこむためには、慎重かつ大胆に戦略を練って挑まなければならないとわかっている。

けれどそれとは別に、エドワードは十名の一ッ木薬品の社員たちが気になっていた。いや、十名すべてではなく、原田千紘だ。彼がどうしているのか、ちらりとでも様子を見たくて時間の都合をつけた。

自分でもどうしてこんなに原田のことが気になっているのか、よくわかっていない。本社のエントランスを入ってすぐに秘書課に足を向けそうになり、立ち止まってしばし考えた。

ここは普通、研究棟か営業部に顔を出すべきだろう。日本から来た十人はそれぞれ専門分野に分かれて研修している。いきなりクラークに任せている原田のところへ行ったら、他の社員たちが首を傾《かし》げるかもしれない。

エドワードはまずアレックスがいる営業へ行った。

「あら、兄さん、本当に来たのね」

アレックスがエドワードを見つけて軽く驚きを表わしてくる。連絡してあったのだが、多忙なエドワードがたいした用事もないのに来るとは思わなかったのだろう。

アレックスのところには五名の日本人を預けてある。ラザフォード・コーポレーションのやり方をレクチャーしつつ、逆に彼らから日本市場の閉鎖性と日本独特の慣習などを教えてもらうのだ。日本には日本のシステムがある。そこに無理やりアメリカ流を押しつけてもはじき出されるだけだ。ローマでは、ローマ人のするようにせよ――郷に入っては郷に従えという言葉があることを、エドワードは今までの経験からよく知っていた。

「研修の進み具合はどうだ？」

「順調よ。何名か、私のもとでそのまま使いたい人材がいるんだけど、いい？」

「あとで資料を送ってくれ」

アレックスは人を見る目があると、エドワードは信用している。やる気に満ちている妹に頼もしさを感じながら、「またあとで」とその場を離れた。

今度は研究棟へ行く。そこには四名の日本人が来ている。責任者に声をかけ、「特に問題はない」という返答をもらい、いよいよ秘書課に向かった。

「ハロー、少しいいかな？」

ドアをノックしたあとに顔だけを入れ、室内の様子を探る。低いパーテーションでデスクごとに区切られた秘書課には、クラークを中心に三名の社員がいた。総勢十名ほどの秘書が在籍しているが、不在の者はおそらく重役たちに帯同して外出している。人種はさまざまだ。

「副社長」

クラークが振り返って席を立つ。エドワードはさりげなく原田を探したが、パーテーションが邪魔でデスク周りがよく見えない。

「ハラダは？」

「いますよ、もちろん」

クラークが答えたと同時に、パーテーションの向こうからひょいと原田が顔を出した。東京で別れてから約一カ月。さらりとした黒髪と卵形の小さな顔は記憶にあるとおりで、なにも変わっていなかった。こちらに来て五日たつが、職場や生活に問題はないのか、顔色は悪くないように見える。

日本から来た十名には、本社近くのアパートメントを借り上げて宿舎にした。簡易キッチンとシャワールームが付いたワンルームで、そちらでなにか不具合があったという話は聞いていない。

「副社長、こんにちは」

原田が席を立ち、エドワードのところまでやって来た。軽く握手をして、原田の手の感触を思い出す。細くて薄くて、思いきり力を入れたら壊れてしまいそうな手だ。

「調子はどうかな。なにか困ったことはないか?」

「特にありません。クラークさんがとてもよくしてくれますし」

控えめな微笑に隠した本音はないか、エドワードはついじっと見つめてしまう。

「今はなにをしているんだ?」

「専門用語の勉強と、アメリカ国内の顧客リストの整理を手伝っています」

「なるほど。中断させてしまってすまない。作業を続けてくれ」

はい、と原田は従順に返事をして自分の席に戻っていく。クラークを連れ出して、別室に入った。原田の様子をもっと詳しく聞きたい。

「ハラダは物覚えがよく、素直なので使いやすい秘書になりそうですね。ただ――」

クラークは慎重に言葉を選びながら続けた。

「ただ、あまり自己主張をしないので、存在感が薄い。ほかの社員たちに侮《あなど》られる可能性がありますし、逆に無視されることもあるかもしれません。すでにその兆候が現れています。ハラダは黙っていると高慢に見えてしまう、という欠点があります。もっと表情豊かになれば親しみやすさが増すのですが」

エドワードはちらりと原田がいる方を振り返った。オリエンタルビューティの手本のような整った顔と、澄んだまなざし。印象的なのに控えめな性格のせいで没個性にも見えてしまう。それが鼻につく人間がいるというクラークの見解には、頷けた。しかし、そうした点は原田のせいではない。

「クラーク、それはハラダの問題ではないぞ」

「わかっています。そうした褒められない態度に出る社員をどう制して、どううまく操縦するかは、直属の上司の手腕によるところが大きい。まあ、なんとかしますよ。ヒトツギ薬品では能力を正しく評価されていたようですし、多少の風当たりには、自分で対処できるのではないかと思っています」

まだ五日だ。もっと様子を見る必要があるだろう。もしアレックスが言ったようにクラークの後継者になりうる実力の持ち主だったなら、エドワードは原田を自分の秘書にしたいと考えていた。

エドワードはそれから数日間は本社で雑事をこなした。またNY支社に戻らなければならない前日の夕方、終業間際に原田に声をかけた。

「ハラダ、今夜は空いているか?」

「今夜ですか?」

帰り支度をしていた原田はきょとんとした顔でエドワードを見上げてくる。

「空いているなら食事に誘おうと思っているんだが、どうかな」

原田とコミュニケーションを取りたい。会社での様子はクラークから聞いている。けれど生活全般については本人から聞くしかない。なにか困っていることはないか、あるのなら少しでも助けになりたいと、そればかり考えてしまう。

明日、NYに戻る。またボストンに来られるのは十日ほどあとになりそうなので、できるなら今夜ゆっくりと話をしたい。

「私と食事ですか?　どうして?」

「どうしてって……君と話をしたいからだ」

原田は驚いた顔になり、おずおずと「あの、私はなにか失敗をしましたか?」と小声で聞いてくる。誤解を与えてしまったようだ。

「違う、仕事のことで君になにか注意をしようと思っているわけではない。単にこちらでの生活について話をしたいだけだ。アメリカに来て、もう十日たつ。呼び寄せた私にしたら、どんな調子かなと気になるだろう？」

「ああ、はい、そういうことですか」

原田は納得してくれたようだ。「今日は空いています」と頷く。

「そうか、帰る支度ができしだい、下りてきてくれるか？」

「わかりました」

原田を誘えたことにホッとしつつも、社員然とした態度で接してくる彼に物足りなさを感じた。原田にとってまったく交流がなかった一カ月は、長かったのかもしれない。

「……まあ、いい。時間はたっぷりある」

また距離を縮めて、さまざまな表情が引き出せるようになってみせる、とエドワードは意気ごんだ。

終業時間に社屋を出ると、エドワードは本社敷地内の駐車場で待った。エントランスロビーで待ち構えていては、原田がほかの社員たちに気を遣うだろうと思ったからだ。広い駐車場のどのあたりで待っているかは、原田の携帯電話にメールを送った。

珍しく待たされ、なにかアクシデントがあったのかと心配して電話をしようとしたところに、原田が息せき切ってやって来た。

「すみません、お待たせしました！」

はぁはぁと肩で息をしながら頭を下げてくる原田は、やはり日本人だ。十分ほどの遅れで息が切れるほど駆けてくるアメリカ人はそういない。

「業務を終える直前に日本から電話があって、すぐに出てくることができませんでした。すみません」

「いや、事情があるならかまわない。君は真面目だな」

「えっ、普通です」

原田が素で不思議そうに返してくるから、エドワードは笑ってしまう。

「さ、どうぞ」

助手席のドアを開けて乗車を促すと、原田は車とエドワードの顔を交互に眺めた。

「これは、副社長の車なんですか？」

疑問に思うのは無理もない。エドワードの愛車は二十年モノのアメリカ車だ。すこぶる燃費が悪く、故障が多い。それでも乗り続けているのは愛着があるからだ。

車だけではなく、エドワードは物持ちがいい。いったん気に入ると、とことんまで使い倒す。近しい者からは、それが長所でもあり欠点でもあると評されていた。家族からはいい意味も悪い意味も含めて、「情が深い」と言われている。

「もう十年以上も乗っていて愛着があるものだから、なかなか替えられなくてね。古い車でもメンテナンスはしっかりしてある。ちゃんと走るよ。たぶん、きっと」

まあ、ボストン市内であれば、もし車が動かなくなってもタクシーを呼べばとりあえず帰宅はできるので、その点の心配は不要だ。

「副社長が運転を？」

「私の車だからね。大丈夫、安全運転を心がけるから、安心して乗ってくれ」

「それでは、お邪魔します」

ただ車に乗るだけなのに、原田はぺこりと頭を下げて、慎重に助手席に座った。きちんとシートベルトを締めて、運転席に座ったエドワードを見つめてくる。

「私の顔になにかついているのかな？」

「いえ、すみません、じろじろ見てしまって。その……日本にいたときは自分がアテンド役だったのに、今は逆に案内してもらっていて、なんだか不思議な気分です」

「そうか、そうだな。まあ、この街は私の庭のようなものだ。任せてくれ」

よく知った道を悠然と運転していく。帰宅時間だからか、道路はやや混み合っていたが、渋滞というほどではない。急ぐ道のりでもないので、横顔に原田の視線を感じながらゆったりとハンドルを切った。原田の注目を浴びているのは、とてもいい気分だ。

「そういえば、副社長はハーバード大学出身でしたね」

「もともとこの近郊に住んでいた。父がこの街で起業したから」

「それで成長してからはハーバードに……。とても優秀だったんですね」

感心したように原田が言うから、少しばかり胸を張りたくなる。

実は弟のアーサーとアレックスもハーバードだ。二人は幼児期から突出して優秀だった。特にアーサー。根を詰めて勉強しなくとも、できる人間がいる。それがアーサーだ。エドワードは弟と違って、人一倍努力しなければ成績が上がらなかった。自分なりに懸命に勉強をした日々を素直に称賛されて、気分が高揚する。

レストランに到着してからもエドワードは機嫌よく原田をエスコートし、半個室のテーブルで食事を楽しんだ。二人きりで食事をしているうちに原田の緊張が解れてきて、感情が顔に出るようになってくる。エドワードが世界のあちらこちらにビジネスで出かけた折のちょっとした失敗談や、現地での驚きの常識などを面白おかしく話すと、原田はクスクスと控えめながらも笑ってくれた。

「こちらでの生活に慣れるにはまだ時間がかかるだろうが、なにか足らないものはないか？」

原田になにかしてあげたいという気持ちが大きくなってくる。

「昼間にも聞かれましたけど、ありません」

「職場での待遇や、与えられた住宅に関して不満は？　アパートはそんなに広くないだろう。確かキッチンとバスルーム、全部あわせても五十平方メートルくらいのはずだ」

「それだけあれば充分です。私が東京で住んでいた単身者用の賃貸アパートは、二十五平方メートルしかありませんでした。でもそれが普通でしたから」

部屋の広さが倍になったと喜んでいる原田がいじましくて、エドワードの心のどこかをくすぐる。食事中に飲んだワインの作用か、原田の黒い瞳が潤《うる》んでいた。テーブルの隅で揺れるキャンドルの小さな炎が、原田の上質な陶磁器のような肌をオレンジ色に照らしている。

「副社長はきっと広い家にお住まいなんでしょうね」

「ああ、まあ、君のところよりは広いよ」

「もしかして豪邸ですか」

「いや、今一人で暮らしているから、家族で住んでいたころのような家ではない」

「どんなところなんでしょう」

興味があるなら見に来るか？　と女性を誘うような言葉が喉《のど》まで出かかった。戸惑いつつ言葉を呑みこみ、深い意味などなく、ちょっとした好奇心で発言したらしい原田から視線を逸らす。

「副社長は――」

「ハラダ、私は今プライベートだ。肩書きで呼ぶのはやめてくれないか」

原田が「副社長」と呼ぶたびに、距離を感じてしまう。日本では終業後や週末に会っていたので、基本的に「ミスター」と呼ばれていた。そのとき、違和感はあったが言及するほどとは思っていなかった。しかし今、立場の違いというものを突きつけられているような感じがして面白くない。

「名前で呼んでくれ。エドワードだ」

ほのかな酔いで柔らかくなっていた原田の表情に、動揺が浮かぶ。

「そんな、副社長を名前では呼べません」

「もちろん仕事中は肩書きで呼んでくれていい。しかしプライベートでは名前だ。私も君をチヒロと呼びたい。いいか?」

いいもなにも、エドワードは譲るつもりはない。とにかく距離を縮めたかった。

「チヒロ、エドワードと呼んでくれ」

しばらく逡巡したあと、原田は戸惑いを浮かべながらも、「エドワード……」と小声で言ってくれた。自分の名前が特別なもののように聞こえて、満足だ。

「よし、これからはチヒロ、エドワードと呼び合おう」

「本当にいいんですか?」

「いいんだ。私がそうしてほしいから、いいんだ」

言い聞かせるようにして目を見つめると、原田は照れたように目元を染めて俯き、控えめに頷いた。

◇◇◇

「ハラダ、頼んでおいた資料はできたか？」

「ファイルＢに保存してあります」

クラークに尋ねられて即答した千紘は、指導係の彼がＰＣ内のデータを確認するのを緊張しながら待つ。ひとつ頷いたクラークから、「よくできている」と評価をもらい、ホッとした。

けれどすぐに次の指示が来た。

「わからないことがあれば聞きなさい」

「はい」

クラークは要求が多くて細かいことに厳しいが、丁寧に教えてくれる。最初のころは求められたことができなくて、できたとしてもかなり時間がかかってしまい、毎日が苦痛だった。オフィス内の空気も、千紘には居心地がいいものではなかった。

日本からただ一人、重役の秘書候補としてボストンに来たのだ。さらに直接指導するのはエドワードの第一秘書であるクラーク。同僚となった本社の社員たちからの視線は冷たく、最初の数日間は口をきいてもらえないほどだった。

もともと職場で友人を作るタイプではなかった千紘だが、雑談すら応じてもらえないのは辛い。しかし、ここで辞めるわけにはいかない。エドワードが千紘のアテンド役としての働きを評価してくれての抜擢ならば、期待に応えなければならないからだ。

彼を失望させたくなかった。ただひたむきに、黙々と学んでいくしかない。

ボストンに来てから何日かたったころ、エドワードがNY支社からやって来た。一カ月前と変わらない彼の姿を目にして、千紘はふっと肩の力が抜けた。食事に誘われて、また緊張がぶり返したけれど。

「肩書きで呼ぶのはやめてくれないか。名前で呼んでくれ」

そんなふうに言われて驚いた。戸惑っているうちに、エドワードは「君をチヒロと呼びたい」と言いだし、ぐっと距離が縮まったような気がして嬉しかった。

食事は美味しかったし、楽しい話ばかりを選んで話してくれたエドワードの気遣いに癒《い》やされた。自家用車でアパートメントの前まで送ってもらった。大切にされているような気がして、気持ちが浮き足立った。

勘違いしてはいけない。きっと、これは特別扱いではない。親しみやすい人だと、ラザフォード・コーポションの社員たちは口々に言っていたではないか。異国の地で疲れ始めていた千紘は、自分自身にそう言い聞かせなければ、エドワードの優しさに頼ってしまいそうだった。

その日以降、気を張りすぎていた自分を省みて、要求されたことがすぐにできなくても仕方がないと思うようにした。けれど失敗は繰り返さない。クラークはただでさえ多忙なのに、千紘の指導までしてくれているのだ。彼の仕事の邪魔はできるだけしたくなかった。

ボストンでの日々はめまぐるしく過ぎていく。一生懸命、仕事を学び、エドワードに誘われたら食事に行き、アパートメントでゆっくりと眠る。三度の食事はきっちり取るように努めた。

十日が過ぎたころ、千紘はやっと哲也に連絡を入れる気になった。

「もうずいぶんと日がたっている……。怒っているかな」

なにか相談したいことがあると言っていた哲也。面倒事の予感しかしないので内容を聞きたいとは思わないが、連絡せざるを得ない。

仕事用の携帯電話は会社から支給されている。それとは別に日本で使っていた携帯電話をそのまま持ってきていた。海外でも使用できるよう、オプション料金を追加で払っている。伯父たちとの連絡用だ。そのプライベート用の携帯電話で哲也にメールを送った。ボストンにいること、やっと落ち着いてきたので話があるなら聞けること。

するとすぐに電話がかかってきた。

『遅い！　毎日待っていたんだぞ！』

挨拶もなしに、哲也はいきなり怒鳴りつけてきた。苛々《いらいら》している様子に、やはり嫌な予感がする。金の無心をされたらどこまで出せるだろうか、と千紘は銀行口座の通帳の残高を思い出そうとした。

『今、俺はボストンに来ている』

「えっ？　哲也、こっちに来ているのか？」

『おまえがなかなか連絡してこないから、待ちきれなくて、とりあえず来た。今日、これから会えるか？』

時計を見れば、もう午後十時を過ぎている。これが東京ならば短時間くらい外で会ってもかまわなかったが、ここはアメリカだ。比較的、治安がいい地区に住んでいるとはいえ、慣れない千紘は夜間の一人歩きは怖い。

「明日にしてくれないか。いつも定時で会社を出るから――」

『わかった。明日だな』

哲也は滞在しているホテル名を告げてきた。三日も前から来ていると聞いて驚いた。

「三日？　哲也、仕事は？　そんなにラボを空けて、研究は大丈夫なのか？」

『ローザに全部任せてきた。おまえはそんなことを気にしなくていい』

共同研究者であり同棲相手である女性の名が、たしかローザだ。哲也はすべてを彼女に任せて、サンフランシスコからボストンまではるばるやって来たらしい。千紘は専門外だが、製薬会社の会社員だ。製薬に関わる研究が、そんなに簡単でないことくらい知っている。哲也の口調からは、投げやりな空気が感じられる。こんな調子で研究などできるのか疑問だ。

『明日、仕事が終わったらすぐにタクシーでホテルまで来い。いいな』

「わかった……」

通話は一方的に切れた。哲也は一言も金のことを言わなかった。彼の今回の相談は、金ではないらしい。では、なんだ？　もしかしてローザとの関係がこじれ、別れたいとか、そういう相談だろうか。

過去にも、千紘は哲也に頼まれて彼の恋人たちと対峙したことがあった。別れたい哲也と別れたくない彼女のあいだに入って話し合いを進めたり、哲也の代わりに殴られたり。

けれどそれはすべて十代のころの話で、最近はそんな下手な別れ方はしなくなったはず。

相変わらず嫌な予感は消えない。明日が来ないでほしい、と願いそうになってしまう千紘だった。


翌日、仕事を終えると千紘はタクシーでホテルまで行った。

ホテルの外観にまず驚いた。今までの哲也なら絶対に泊まらないような、古いだけであまり清潔そうではない安宿だったからだ。

直前に届いたメールで部屋まで来るようにと命じられていた。千紘はいつ止まってもおかしくないような不穏な音がするエレベーターでその階まで行き、ドアをノックした。実際に哲也がドアを開けるまで、本当にここに泊まっているのか半信半疑だった。

「遅かったな」

ひさしぶりに会った哲也は、不健康な顔色をしていた。溌剌《はつらつ》とした表情はなく、無精髭《ぶしょうひげ》が生えている。いつも短く整えていた髪も伸びていて、邪魔そうに手櫛《てぐし》でかき上げた。

「これでも定時で出てきたんだけど」

「俺はもう何日もここで待っている」

入れよ、と不機嫌そうな声で命じられ、千紘はそっと中に足を踏み入れた。すり切れたカーペットに染みが滲む壁紙、開けた窓の向こうは隣の建物の壁があり、景色などなにも見えない。バスルームからほのかに異臭が漂う。わがままな哲也がよく我慢して連泊しているなと、変な意味で感心してしまう部屋だ。

哲也はシングルベッドに腰掛け、ため息をついた。第三ボタンまで開けたワイシャツ姿の哲也は、とても疲れているように見えた。

「それで、相談ってなに？」

座る場所はない。千紘は立ったまま哲也に尋ねた。

「親父に聞いたぞ。おまえ、ラザフォード・コーポレーションの副社長に気に入られて、こっちに呼ばれたんだってな」

「気に入られたかどうかはわからないが、気にかけてはもらっている」

伯父にはアメリカに行くことになった経緯を、ちらりと話しただけだ。とても喜んでくれていたから、いささか誇張して哲也に伝えたのかもしれない。

「しかもおまえに仕事を教えているのはクラークだって?」

「クラークさんのことを、知っているのか?」

「業界の有名人だ。おそろしく頭が切れる秘書で、参謀も兼ねていると聞く。かつてはラザフォード・コーポレーションの創業者を支え、今はその息子の右腕になっている。そんな男に直接指導を受けているんだろう? 破格の待遇だ。期待されているんだな。従兄として俺は鼻が高いよ」

そう賛辞する言葉を並べながら、哲也の目は千紘をきつく睨《にら》み、口元には皮肉っぽい笑みが浮かべられている。荒んだ雰囲気に、千紘は愕然《がくぜん》とした。

こんな哲也は知らない。すべてにおいて千紘より格上で完璧だった哲也は、居丈高に振る舞いつつも優しかった。そうすれば千紘が言いなりになるとわかっていたからだ。

「おまえさ、いつからエドワード・ラザフォードの秘書になれるんだ?」

「そんなこと……いつになるかわからない。もしかしたらずっとないかもしれないし」

「なんでだよ、エドワード・ラザフォードの秘書になるためにボストンまで来たんじゃないのか。当分のあいだ、クラークが第一秘書なのは変わらないだろうが、第二秘書くらいにはなれるんじゃないのかよ」

「一応、頑張ってはいるけど、そう簡単には副社長の担当にさせてもらえないよ。そもそも僕にそれだけの実力があるかどうか……。秘書室にはほかにもたくさん有能な人がいるんだから」

もちろんエドワードの秘書になれるよう努力はしている。あの人のサポートができれば、どれほどの喜びになるだろう。でもそれは、あくまでも目標のひとつでしかない。千紘は自分の実力を過大評価していなかった。

哲也はチッと舌打ちし、「使えねぇな、おい！」と乱暴な言葉を吐き出した。体を硬直させている千紘をちらりと見て、哲也はため息をついた。

「……哲也、どうしたんだ？　なにかあったのか？」

「潰れる」

「えっ？」

「俺の会社が潰れそうなんだよ！」

両手で髪をかき回し、哲也は項垂《うなだ》れた。こんな姿を見たのは、初めてだ。

「け、研究が、うまくいっていないってことか？」

「研究自体はまあまあうまくいっているんだ。この二年、俺もローザも、寝る間を惜しんで研究してきた。ただそれが金にならない。どいつもこいつも難癖ばかりつけやがって、俺たちの研究成果を小馬鹿にしやがって！」

それから哲也は営業先でどれほど屈辱的な言葉を浴びせられたか、銀行や大企業に追加融資を依頼しに行っても断られてばかりで、と苦労話をまくしたてた。

「汎用性はないが特定疾患の治療に流用できそうな素材はいくつか見つかっている。それをどう生かすかはこの先の開発しだいだ。どこでもいい、どこかの製薬会社が採用してくれれば一発逆転。最悪の状況を回避できるどころか、俺は億万長者だ。製薬会社だって莫大な利益を手にすることができる。どうしてこんな簡単なことがわからないのか、俺はわからない。みんな馬鹿ばかりだ！」

興奮した哲也の目が血走っている。主張していることは理解できるが、専門外の千紘に言えることは少ない。

「哲也、営業担当の社員はいないのか？　今の話だと、哲也が営業している？　即戦力になりそうな営業マンをすぐ募集して、哲也は研究に専念したほうが――」

「俺の崇高な理念と、膨大な時間を費やした研究成果を完全に理解できる営業マンなんて、この世にいると思うか？」

ジロリと睨《ね》めつけられ、千紘は口を閉じる。

「おまえがいる一ツ木が、ラザフォードに買収されたと聞いて、予感がしていた。運がめぐってくる予感だ。そうしたら親父から、おまえが副社長のエドワードに気に入られてボストンの本社に研修に行くことになったと聞いて確信した。俺の勘は当たっていたってね」

歓喜の目で見上げられ、千紘は一歩下がった。哲也とは真逆の、悪い予感だ。相談がある、と電話で聞いて以来ずっと感じていたものが、現実になろうとしている。

「おまえさ、エドワードの噂、知っているか?」

「噂って……?」

「ゲイなんじゃないかって」

にわかには信じられなくてぽかんとする。そんな千紘を見て、哲也は小馬鹿にしたように鼻で笑った。

「おまえ、なんにも知らないんだな。秘書なら業界のゴシップくらいは拾って頭の隅に入れておけよ。いいか、エドワードは二十代のころ、女優の卵やモデルと付き合っていた。全部美人だ。だがすべて長続きしていない。生まれながらのセレブで、高学歴で、ルックスはそこそこ。それなのに三十五歳になる今でも独身だ。なぜなのか、誰でも不思議に思うだろう?」

「そんなの不思議でもなんでもない。彼の私生活はビジネスに関係ない。暴きたてる必要なんかないだろ」

「うるさい」

哲也を諫《いさ》めようとしたが、千紘の言葉など聞きはしない。

「弟のアーサーはゲイだとカミングアウトしている。恋愛遍歴は派手だ」

それは知らなかった。エドワードは一緒にいるとき、いろいろな話をしてくれるが、自分の家族のことはあまり言わない。

「女と付き合っていたのはカモフラージュで、本当はゲイなんかじゃないかって噂は、もうずいぶん前からエドワードの周囲ではあったらしいな。知っていたか？　その様子だと知らなかったみたいだな」

哲也のニヤニヤとした下品な笑みが気持ち悪い。嫌悪感が生まれたのは、初めてだ。

「おまえさ、エドワードを落とせよ」

なにを言われたのか、わからなかった。

「おまえがすぐにでもエドワードの秘書になれるのなら、それまで待つけどさ、どうもそう簡単な話じゃなさそうだから、俺は待てない」

「……なんの話をしているんだ？」

「だから、ラザフォード・コーポレーションの、発表前の新薬の情報かなにかを持ち出してきてくれないか」

あまりにも軽い口調で言われたので、千紘は聞き間違いかと思った。瞬きすら忘れて、哲也を凝視する。人間は驚きすぎるとなんの反応も示せなくなるらしい。

「本当はさ、おまえに協力してもらって俺の研究成果をラザフォード・コーポレーションに売りこむのが最良なんだよ。俺は金が手に入る。おまえにとっても手柄になるだろうし、ラザフォード・コーポレーションにとっても利益が見込める。せっかくの接点なんだ、生かすチャンスだ。でも、俺の研究している分野と、ラザフォード・コーポレーションがこれから推し進めようとしている製薬の部門って、まったくかぶらないんだ。わかるか？　俺が言ってる意味。

ああ、まあ、おまえは馬鹿だからわからないだろうけど、つまりラザフォード・コーポレーションは俺の研究に興味がないってことが、最初から明らかなわけ」

はあ、と哲也はまたため息をつく。

「でもラザフォード・コーポレーションに今おまえがいることを利用しない手はない。俺の勘は当たるんだ。エドワードに近づいて、社外秘の情報を盗ってこいよ」

それはつまり、産業スパイになれということか。哲也のために。

「色仕掛けで落として、ヤツのプライベートに入りこめ。ピロートークでなにか喋ってくれるかもしれないし、ヤツが寝ているあいだにPCを開けて極秘データをそっくりそのままコピーできるかもしれない」

「そんなこと、できるわけがない」

「どうして？　決めつけることはないだろ。人間、誰しも油断する隙《すき》はある。二十四時間ずっと警戒していられるわけがない。その隙を突いて、情報を引き出すことは可能だろう。なんでもいい。持ち出したものをとりあえず俺に見せろ。知識のないおまえが有益な情報かどうかの判別はつかないだろうから、俺が見てみて、使えそうならそれを他社に売る」

「売るのか？」

「金に換えなきゃ意味がない」

まったく悪びれもせずに哲也は言い切った。千紘は眩暈《めまい》を覚える。自分に産業スパイなんてできるはずがないが、もし情報を持ち出したらエドワードに損害を与えることになるだろう。

彼の役に立ちたいという努力が、まったく意味をなさなくなるばかりか、もし露見したら犯罪者だ。そして確実に、エドワードに軽蔑される。一生、恨《うら》まれるかもしれない。

「やってくれるだろ?」

「しない。するわけがないっ」

「やれよ。俺が頼んでいるんだぞ」

「できない！　できたとしてもやらない！」

「今まで俺の頼みならなんでも聞いてきただろ！」

「聞いてきたけど、それとはぜんぜん種類が違うじゃないか。要は、僕に産業スパイをやれってことだろ。犯罪だぞ、それ」

「俺のためならできるだろ」

なんの疑問も持たずに哲也はそう言ってのけた。話にならない。哲也ははなから千紘が従うと思いこんでいる。むかむかと腹が立ってきて、千紘は踵《きびす》を返した。

「帰る。もう二度と会わない」

「待てよ！」

哲也が腕を掴《つか》んで引き留めてきた。背中から抱きしめるようにされて、十代のころにあれほど恋焦がれていたぬくもりが悪寒となって背筋を走った。

「そう冷たいこと言うなよ。俺はもうおまえだけが頼りなんだ。困っているんだよ、ものすごく。本当はすぐにでも金が必要なんだ」

「現金が必要なら、僕の貯金をすべて出してもいい。だから犯罪にだけは走らないでくれ。伯父さんと伯母さんが悲しむだろう。哲也は、伯父さんたちの大切な一人息子なんだぞ」

振り向いて哲也に訴える。神童と呼ばれた息子が、こんな短絡的なことを考えて罪を犯そうとしていると知ったら、伯父たちがどれほど嘆くかしれない。

「親父たちを悲しませたくないなら、おまえが一肌脱いでくれよ。この場合、本当に脱ぐことになるんだけどな」

哲也は下品に顔を歪《ゆが》めて笑った。

「エドワードをいやらしくベッドに誘ってさ、籠絡《ろうらく》してくれよ。気に入られているなら向こうもその気になっているんじゃないのか。おまえもいい思いができて、俺は金が手に入って、一石二鳥どころか一石三鳥だ。会社も潰れないから四鳥か。みんなハッピーになれる」

哲也の頭の中には、エドワードとラザフォード・コーポレーションがどれだけ損害を被るかという試算はまったくないらしい。子供のころから暴君ではあったが、ここまで自己中心的な人だとは思わなかった。

「哲也、副社長はもしかしてゲイかもしれないけれど、分別のない人ではないし、もう衝動的にそういうことをする年齢じゃない。三十代半ばになる大人で、責任のある立場にいる。僕がちょっと誘ったからって、乗ってくるとは思えない。そもそも、僕は男の人とそういう行為をしたことがないから――」

「嘘つくな」

「えっ？」

「おまえ、ゲイだろ」

断言した哲也は、さも当然のことのように千紘を見下す目をした。サーッと頭から血の気が引いていく。

なんのことか、ととぼけられなかった。あまりにも突然すぎて。

千紘は自分のセクシャリティに気づいて以来、誰にも話していないし、誰にもバレないようにひた隠しにしてきた。哲也に対して、そんなそぶりを見せたことはなかった――はずだ。

だから、誰にもバレていないと思っていた。

千紘が青ざめたままなにも言えないでいると、哲也が笑いだした。千紘を指さして、「なに、その顔」と面白そうに声をたてて笑う。

「おまえ、俺にバレていないと思っていたのか？　馬鹿だなぁ、だからおまえは馬鹿なんだよ。あんな熱っぽい目で四六時中じっと見られていたら、誰だって気づくさ。ああこいつ俺のこと好きなんだなって、中学のときにはわかっていた。俺が女を作るたびに傷ついた顔をして、そのくせなにか言いつけたら犬みたいに尻尾振って喜んで言いなりになって、バイト代巻き上げられても黙って耐えて、本当に馬鹿だなって思っていた」

容赦なく暴言をぶつけられる。次から次へと。

けれど衝撃が大きすぎて、痛みを感じる余裕すらなかった。ただ、足から力が抜けて、立っていられなくなった。よろめいて壁にもたれ掛かる。そこに哲也が覆い被さるようにして体を寄せてきた。

「なあ、俺のこと、まだ好きなのか？　俺さ、どんなに頼まれても男は抱けない」

そんなことは今さら教えてもらわなくても知っている。

「ごめんな、隠しているつもりだったのに十年以上も前から気づいていて。俺は優しいからさ、おまえのために知らないふりをしてやっていたんだぞ。感謝しろよ」

感謝って、なに。本気で哲也はそんなことを言っているのか。

「千紘、俺の言うこと、聞いてくれるよな？　千紘、千紘」

甘ったるい声で名前を連呼され、千紘は耳を塞《ふさ》ぎたくなる。

ずっと「おまえ」呼びしていたのに、ここにきて名前を呼ぶ哲也。わざとだ。優しい顔をちらりと見せて、「おまえだけが頼りだ」と、過去に何度囁《ささや》かれたことだろう。

それでも十代の千紘は、この見せかけだけの優しさに縋《すが》った。

伯父夫婦は千紘によくしてくれたが、相次いで両親を亡くした寂しさはなくならない。哲也がいなかったら、千紘は孤独感を癒やしてくれるぬくもりと仲間を求めて夜の街へ出ていっていただろう。そうならなかったのは、哲也という強烈な個性が家庭の中にいたからだ。

自分が非行に走らず、きちんと勉学に励んで大学に進学し、まともな会社に就職できたのは、ある意味、哲也のおかげだと思っている。

でも、それでも、今になってから、こんなひどいことを言われて我慢する理由にはならない。

「……たしかに、僕はゲイだ。哲也のことを好きだった。それは認める。けれど、それと産業スパイをすることは関係ない」

なけなしのプライドをかき集めて、千紘は言い返した。隠しようもなく声は震えていたし、萎《な》えた足にはぜんぜん力が入らなかったけれど。

「関係なくはないだろう」

「どこに関係がある？　僕は会社を裏切るつもりはないし、副社長はいい人だ。クラークさんだってアレックスさんだって、みんなとても真面目に働いている。自分の仕事に誇りを持っている。彼らの不利益になるようなことは、なにひとつとしてしたくない。ましてや犯罪なんて、絶対にしない」

「へぇ、ずいぶんと偉そうな態度を取るようになったもんだな、千紘。俺にそんな口きいていいと思っているのか？」

スッと冷たい目になり、哲也が千紘から離れた。ベッドに腰掛け、自分の携帯電話を手に取る。手の中でそれを転がし、意味深に笑った。

「おまえがゲイだってこと、親父たちは知らないんだよな？」

ギョッとして振り向いた千紘の前で、哲也は携帯電話を操作した。

「今から電話して教えてあげようか」

「哲也っ」

「妹の遺児を引き取って、生活費やらなにやら負担してやって育てた甥っ子が、男好きの変態になったなんて知ったら、親父はさぞかしショックだろう。母さんなんか、血の繋がりのない義理の妹の子を、情だけで育てた。女を抱けない役立たずに成長しましたって報告されて、どう思うかな。育て方を間違ったたって嘆き悲しむかもしれない。心臓にさぞかし負担がかかることだろうよ。おまえのせいで心臓が止まるかもしれないな」

「やめろっ」

千紘は立ち上がると哲也に飛びかかった。携帯電話を取り上げて画面を見る。恐ろしいことに伯父の自宅の電話番号がすでに表示されていた。哲也は本気で電話をかけるつもりだったのか。

震える指で伯父の番号を削除した。そんなことをしても無駄だとわかっていても、そうせずにはいられなかった。伯父の自宅の番号なんて、昔から変わっていない。千紘だって暗記している。

「恩知らずの千紘クン、どうする？」

この世に悪魔がいるのなら、きっとこんな顔で笑うのではないか――。

そう思わせる、禍々《まがまが》しい笑顔がそこにあった。

◇◇◇

「ハラダ、これは指示をしたものと違う。フォーマット自体が間違っているぞ」

秘書室の横を通りかかったエドワードは、千紘の名前に反応して部屋を覗《のぞ》きこんだ。

ボストン本社に立ち寄ると、必ずエドワードは千紘の様子を窺《うかが》う。そして終業後に食事に誘うのが自分の中の決まり事になっていた。

クラークに注意を受けている千紘の横顔が見える。顔色が悪いように感じた。この五日間、エドワードはNY支社に行っていた。最後に会ったときより、心なしか窶《やつ》れているような印象を受ける。なにかあったのだろうか。

「すみません、やり直します」

「二時間あれば、君ならできるかな」

「やります」

千紘は硬い声で返事をして、自分の席に座る。座ってしまうとパーテーションが邪魔で姿が見えなくなった。エドワードが来ていることに気づいたクラークが、廊下に出てくる。

「副社長、来ていたんですか。目を通しておいてもらいたい書類をメールで送ろうと思っていたところでした。すぐに確認してもらえますか」

「わかった。すぐにやる。ハラダはどうかしたのか？」

どうしても気になって、まずそこを聞いてしまう。クラークはちらりと部屋の中を振り返り、肩を竦めた。

「数日前から様子がおかしいんです。集中できていないし、小さなミスが頻発しています」

「なにかあったのか？」

「わかりません。社内で異変があれば私が気づくと思うのですが、今のところそれは感じられません。ハラダは社交的ではないので遠巻きにされているところがありましたが、彼の真面目な性格が社員たちに理解されてきて、じょじょに雰囲気はよくなってきていました。なにかあったとしたら、プライベートでしょうか」

クラークが社内に問題はないと診断を下したのなら、たぶんそうなのだろう。本人が相談してきたら別だが、さすがに千紘のプライベートまでは立ち入れない。

「こちらに来て一カ月以上がたちました。疲れが出てきただけなら休めば改善されます。少し様子を見ましょう。この状態がもっと続くようなら、まとまった休みを取らせます。そのあいだにカウンセリングを受けるように指導することもできますし」

「……そうだな」

千紘が心配で、エドワードはそわそわと部屋の中に視線を向ける。

「副社長がまずは話を聞いてみたらどうですか」

「えっ、私がか？」

「なぜそんなに驚くんです？　ときどきハラダを食事に誘っていることは知っていますよ」

クラークが知っていてもおかしくはない。エドワードはそもそも隠していなかった。男女ではないのだから、やましい気持ちはまったくない。

「この社内でハラダと一番交流しているのは副社長ですよ」

そう言われればそうかもしれない。エドワードは副社長室に移動して、千紘の携帯電話に食事の誘いのメールを送った。そう待たずに返信が来る。

『楽しみにしています』

返事が短いのはいつものことだ。特殊能力などないから、その一文から千紘の異変は感じ取れない。自分の仕事を片付けながら、エドワードは終業時間まで落ち着かなく過ごした。

時間どおりにエドワードは社屋を出る。いつものように駐車場で待っていると、千紘がやって来た。エドワードを見つけて、ふっと切なそうな目をする。ドキッとした。

「遅くなりました」

「い、いや、待っていない。ほんの五分程度だ。チヒロ、さあ、乗って」

自分の車の助手席に千紘を促す。ここ最近、プライベートでこの車に人が乗ったのは数えるほどで、アレックスと千紘だけだ。

「このあいだ行った、シーフードの店でいいか？」

「はい」

にこっと笑ってくれて安堵する。千紘は日本人だからかシーフードが好きだ。エドワードは生食を好まないが、調理してあれば特に問題なく食べられる。何軒か馴染みの店に千紘を連れていった結果、千紘が美味しそうに食べてくれて落ち着ける店がわかってきた。

店に着くと、予約してあった奥の部屋に案内される。飲み物をオーダーするとき、千紘が迷った末にエドワードと同じビールを選んだ。今まで千紘はエドワードと同じように好みのアルコールを注文していた。躊躇ったことはない。やはり体調が悪いのではないかと思ったが、千紘がなにも言わなかったので余計な口出しをしてもいけないと黙っていた。

まずビールで再会を祝すと、千紘は笑顔で飲んだ。運ばれてきた料理には「美味しそう」と目を輝かせる。けれどそれはどこか無理をした空元気のように見え、エドワードはますます心配になった。

案の定、時間がたつにつれて千紘は食事が進まなくなり、やがてフォークを置いた。

「ごめんなさい」

青い顔をして席を立ち、トイレへ行く。エドワードはあとを追った。トイレの中で嘔吐《おうと》しているらしい様子に心を痛めながらも、エドワードは廊下で待った。そのあいだに店員を呼び、カードで代金を支払ってしまう。

出てきた千紘は、エドワードの姿を見つけてハッと息を呑んだ。

「チヒロ、体調が悪いのならそう言ってくれ。私の誘いは断ってもいいんだ。今夜食事ができなかったからといって、私は会社での君の立場を悪くするつもりは微塵もない」

「違う、違うんです。僕は本当にエドワードの誘いは嬉しく思っていて、断りたくなくて、応じたんです。不快にさせてしまって、すみません」

「不快になんかなっていない。私はただ君の体調が心配なだけだ」

「もう大丈夫です、テーブルに戻ります」

エドワードの横を通り抜けようとした千紘の腕を掴み、引き留めた。

「もう帰ろう。支払いはすませた」

「まだあまり食べていないのに、もう帰るんですか?」

「君が食べられないのに、私だけ美味しく食べられるわけがない。君の部屋まで送っていく」

「でも……」

「チヒロ、頼むから」

ほとんど懇願《こんがん》する口調になってしまった。しかしその効果はあったようで、千紘は諦めてエドワードとともに店を出てくれた。帰りの車の中で、千紘は無言だった。ときどき目を閉じて動かなくなる。

「チヒロ、車に酔ったのか？」

「いえ、大丈夫です」

声に力がない。できるだけ安全運転で、エドワードはアパートメントまで車を動かした。

場所はわかっている。食事をするたびに毎回、エドワードが建物の前まで送っているし、日本から来た一ツ木薬品の十名はすべて同じアパートメントに部屋を与えている。住所は最初から知っていた。

アパートメントの前に車を停める。千紘は小さな声で、「ありがとうございました」と礼を言い、車を降りた。

「今夜はゆっくり寝なさい」

「はい、おやすみなさい」

千紘がアパートメントの共有玄関に入っていく。その後ろ姿を見送っていたら、エドワードはいつのまにか追いかけていた。体が勝手に動き、車を降りていたのだ。千紘に追いつき、強引に玄関に入る。

「エドワード？」

驚いて振り返る千紘の背中に腕を回す。

「心配だから部屋まで送る」

やや強引に二人一緒にエレベーターに乗りこんだ。千紘は困惑しながらも階数ボタンを押す。

五階まで上昇して停止した。まだ早い時間だからか、アパートメントの住民の生活音がかすかに聞こえてくる。

千紘がひとつのドアの前で立ち止まり、鍵を開けた。ここで別れるつもりだったが、千紘が「お茶でもどうですか」と誘ってくれた。迷ったのは一瞬だ。千紘がどんな暮らしをしているのか知りたいという好奇心が勝った。

「じゃあ、少しだけ」

「どうぞ。散らかっていますけど」

散らかっているのか、とドキドキしつつ中に入ったが、想像とは違ってきれいに片付いていた。千紘が急いでダイニングテーブルの上のものを片付け、椅子の背にかけてあった部屋着らしき服をクローゼットにしまっている。千紘にとってそれが「散らかっている」状態なのだろう。なんと可愛らしい。

「座ってください。今お茶を淹れます」

千紘はちょこまかと動き、キッチンで湯を沸かし始める。

「チヒロ、体調はいいのか？　無理にお茶を淹れなくてもいいぞ」

「僕も飲みたいので、一杯だけ淹れさせてください」

千紘が苦笑して細長い筒状の缶を出した。缶の蓋を開け、変わったかたちのポットに緑色の茶葉を入れる。日本の緑茶か。

エドワードは千紘の手に見入った。白い手が優雅に動き、ポットを湯で温めたり取っ手のない陶器のコップに湯を注いだりするのを、優雅な舞踊のように感じながら見つめる。あまりにも見入っていたからだろうか、千紘が「ただの緑茶ですよ?」と苦笑いした。

お茶を飲みたくて今か今かと待ち構えていたわけではないのだが、まさか指の動きに感銘を受けていたとは言えない。なんだか変態チックだ。

ふとキッチンカウンターの隅に立てられた木枠のフォトスタンドに目が向いた。四人の人間が満開の桜を背景にして、写っている。中年の男女と、今よりちょっとだけ若い千紘、そして同年代の青年だ。青年は千紘の肩を抱き寄せて、ずいぶんと馴れ馴れしい態度だった。

数年前のものと思われる写真が興味深くて、フォトスタンドを手に取った。

「それは僕の家族です。そういえば、このあいだエドワードと北海道まで行ったのが、その写真のとき以来の花見でした」

陶器のコップに緑茶を注ぎ入れた千紘は、木製のコースターにそれをのせてエドワードの前に置いてくれた。爽やかなグリーン系の香りが鼻腔をいっぱいにする。千紘のイメージと重なった。千紘は自分のコップを持って、テーブルの反対側に座る。向かい合い、ゆっくりと緑茶を飲んだ。

「君の両親と、こっちはお兄さんか?」

「……そうです。でも実際は、伯父夫婦と従兄です。僕は小学生のころに両親を事故と病気で相次いで亡くし、伯父の家に引き取られました」

　そんな事情があったなんて知らなかった。寂しくて過酷な子供時代を過ごしたのかと沈痛な面持ちになったエドワードに、千紘が「伯父と伯母はとてもよくしてくれたんです」と微笑む。そこに嘘はないように感じた。

「伯父夫婦は僕を可愛がってくれました。従兄と同じように身なりを整えてくれて、学校の行事にも顔を出してくれたし、きちんと三度の食事を作ってくれて――感謝しています。本当に、とても感謝しています……」

　千紘の視線が落ち、両手でぎゅっと握ったコップの中を見つめる。

「この従兄とは兄弟のように育ったんだな」

「そうですね。二歳上の従兄は、子供のころから優秀で……今サンフランシスコにいます」

「それは奇遇だな。二人とも日本を出て、同じ国にいるなんて。職種は?」

「……研究をしています」

「どんな?」

「それは、ちょっと、わかりません」

　千紘の口元がかすかに引きつったように見えたが、気のせいだろうか。べつに従兄のことを無理やり聞き出すつもりはない。ただ写真の中での密着度が気になった。

「伯父さん夫婦は日本に?」

「ええ、変わらずに日本にいます。伯父は会社員で、定年までまだ何年かありますから」

「家族と離れて寂しいか？」

「いえ、それほどでも。僕は大学進学のときに伯父の家を出たので、一人暮らし歴はもう八年になります。今さら寂しいとは思いません。ただ、伯母の体調だけが心配です。なかなか会えないと余計に」

「伯母さんは持病でもあるのか？」

「心臓が悪くて、三年前に手術をしました。本人はとても元気になったと言うんですけど、完治したわけではないので、無理をしないかと気になります」

千紘が写真をじっと凝視した。その瞳が暗く潤んできたように見えて、エドワードは思わず彼の手を握り、引き寄せていた。テーブルの上に身を乗り出すようにして抱きしめる。腕の中にしっくりくる千紘の抱き心地に、陶然《とうぜん》とした。

泣かせたくない、慰めてあげたいといった庇護欲に突き動かされたはずが、千紘の首元に顔を埋める体勢になった瞬間、別の衝動がこみ上げてきた。滑らかな首から、なんともいえない甘い匂いがする。首筋にくちづけてしまってから、ハッと我に返った。

慌てて体を離す。驚いた表情の千紘に、「すまない」と短く謝罪して視線を逸らした。

「その、他意はない。つい……申し訳ない」

両手にじっとりと汗をかいていることに気づき、服に擦《こす》りつけた。

「……チヒロ、お茶をありがとう。美味しかった」

これ以上ここにいてはいけない。エドワードの中で危険信号が点滅している。逃げるように玄関に向かうと、千紘がついてきた。ドアノブに手をかけたところで上着の裾《すそ》を掴まれ、やむなく振り返る。黒い瞳が縋るように見上げてきていた。直視していてはまたおかしな衝動が勝手に手足を動かしてしまいそうで恐ろしい。エドワードは目を逸らした。

「また、誘ってください。今日はごめんなさい」

「いや、いいんだ。それは」

ドアノブを回して玄関の扉を開ける。半分体を出し、「ゆっくり休んでくれ。おやすみ」とだけ言葉を残して通路に出た。

「おやすみなさい、エドワード」

ドアが閉まる瞬間、千紘の声が届いた。急いでアパートメントを出て、外に停めてあった車に乗りこむ。運転席でしばらく呆然《ぼうぜん》とした。

「私は……」

ショックだった。まさか同性相手にこんなことが起こるなんて。自分の身に。

はぁ、とため息をついてハンドルに突っ伏す。両手に、千紘を抱きしめたときの感触がまだ残っている。

何年ぶりだろう、こんな気持ちになったのは。

「私は、チヒロを……」

いつのまにか、好きになっていたらしい。信じられないが、この反応は明らかに恋愛感情だ。千紘は明らかに異性ではなく同性なのに、好きになってしまったのだ。

今まで自分がゲイかもしれないなんて、思ったことがなかった。弟のアーサーがカミングアウトしたとき、微塵も「もしかして私もそうかも」などとは考えなかった。恋愛対象は今まで女性だったから、疑いもしなかった。

けれど、今、自分は千紘を愛しいと思っている。悲しいことがあるなら支えてあげたいし、危険から守ってあげたいと思う。いつも笑っていてほしいし、笑わせるのは自分であってほしい。そして、あの体をどうにかしたいという衝動は驚くほど強かった。

「チヒロ……」

唐突なハグを、彼はどう思っただろうか。嫌悪感は顔に出ていなかったように見えた。驚いた表情をしてはいたが、突き飛ばしたり、「セクハラだ」と糾弾したりはしなかった。いや、冷静になってからそう判断し、明日になってから訴えられるかもしれない。

もしそうなったとしても、自業自得だ。いきなり抱きしめるなんて、してはならないことだ。

エドワードは自己嫌悪のあまり、しばらく車のエンジンをかけることすらできなかった。

◇◇◇

エドワードが去っていったドアを呆然と見つめたまま、千紘は立ち尽くした。

「びっ……くりした……」

伯母の話をしていたらいきなり抱きしめられた。そのうえ首に――。

あの柔らかな感触は、たぶん唇だ。首にキスされたのだ。千紘はその感触が残っているところに手で触れてみた。こんなことをされたのは初めてで、今さら胸がドキドキしてくる。

やはりエドワードはゲイだったのか。普通、身の上話に同情して慰めるためだけにハグしたのなら、首にキスなどしない。エドワード自身、突発的な行動だったらしく驚いていた。慌てて帰ろうとする彼に、なにか言わなければと動揺しつつも考えた。『また、誘ってください。今日はごめんなさい』ととっさに言えたのは、千紘にしては上出来だっただろう。

あのまま帰していたらエドワードのことだ、セクハラしたと考えそうだ。自分は嫌ではなかったことを伝えたかった。それに――一瞬、哲也に頼まれたことが頭を過《よぎ》った。未経験で不器用な自分に、色仕掛けなどできるはずもない。それでもなにかしなければと思った。

また食事に誘ってくれるだろうか。この場合、脈があると判断して、こちらから誘ったほうがいいのだろうか？

そこまで考えて憂鬱《ゆううつ》になる。ただの食事ならば、千紘は嬉しい。もしエドワードが千紘に好意を抱いてくれているのなら、もっと嬉しい。あんなに素敵な人とめぐり会えたのだ。たとえ交際期間が短く終わったとしても、千紘はそれを一生の思い出として生きていくだろう。

エドワードの唇。首に押し当てられた柔らかさと温度が、忘れられない。首にキスされただけでこれだけ胸が高鳴るのだ。全身で彼を感じることができたら、いったいどれほどの感激に包まれるだろうか。

哲也の『色仕掛けで落として、ヤツのプライベートに入りこめ』という命令が、重くのしかかる。これさえなければ、千紘はなんの憂《うれ》いもなくエドワードの誘いを待てるのに。

千紘はダイニングテーブルに残された湯飲みをシンクに片付けた。精いっぱい、丁寧に淹れたお茶を、彼は美味しそうに飲んでくれた。あんなにいい人を欺《あざむ》かなければならない。できない、いややらなければならない……――千紘の心は千々に乱れ、ここのところの不調となって現れている。そのせいで、今夜はまともに食事ができなかった。せっかくエドワードが誘ってくれたのに。

千紘はフォトフレームの中の四つの笑顔を見つめた。哲也の頼みなど聞きたくない。けれど伯母に暴露されたくなかった。伯母の心臓に余計な負担をかけたくないのだ。自分のせいで伯母の寿命を縮めたとしたら、どうやって詫《わ》びればいいのか。

千紘はデスクに置いてあるノートパソコンの電源を入れた。インターネットに繋ぎ、検索を始める。ボストンのゲイ事情について、もう何度か調べた。この近辺のゲイが集まる地区や店、専用グッズを手に入れる方法、ゲイセックスの基本的なハウツー……。

今後、もしエドワードが自分にその気になってくれたとしたら、食事だけでなくそのあとの展開があったとしたら、対応できるように心身の準備をしておく必要があると思ったのだ。

きっとエドワードは経験豊富だ。千紘が未経験でなにもできないと知ったら、興ざめするかもしれない。エドワードとの情事に備えて、どこかの誰かと経験しておいたほうがいいのではないだろうか。それと、アナルセックスを求められたときに応じられるよう、事前の準備もできるようにしておかないと。

千紘は悲痛な覚悟で、情報を集めた。

◇◇◇

エドワードはデスク上に置かれた時計をちらりと見て、「おかしいな……」と呟いた。そばにいた秘書の一人が振り返って首を傾げる。

「なにか？」

「いや、なんでもない」

エドワードはデスク上に並ぶモニターに視線を戻し、真剣に見ているふりをしつつ別のことを考える。始業からもうすぐ三時間たつが、緊急の社内メールは一通も届かないし、電話も鳴らない。今朝、そうとうの覚悟を持って出社してきたエドワードは、ずっとじりじりしながら自分のモラルが問われる瞬間を待っていた。

千紘の部屋に招かれて、そこで彼を抱きしめたのは昨夜のこと。エドワードが首にキスしてしまったことは、千紘もわかっただろう。あれは完全なプライベートタイムではあったが、彼と自分のあいだには歴然とした上下関係がある。雇用の判断ができる副社長と、社員だ。それゆえに拒絶できなかったと千紘が訴えたら、全面的にエドワードが悪い。東京に着いた日、酔っ払ったときに千紘をホテルの寝室に立ち入らせたという前科もある。

もしかして、自分は無意識のうちに初めて会った日から千紘に好意を抱いていたのだろうか。容易にパーソナルスペースに入らせてしまうほどに心を許していたとしたら――。鈍いにもほどがある。エドワードは自分がこれほどまで恋愛の機微《きび》に疎《うと》いとは知らなかった。

（もうすぐランチタイムになる……）

朝一番に千紘がクラークに相談するか社内のコンプライアンス委員に話していたら、もうエドワードに連絡があってもいいころだ。まだ誰にも話せないでいるのだろうか。それともたいしたことだとは思っていないのだろうか。

日本はまだこうしたハラスメント行為に対して、意識が高くないと聞いた。千紘が昨夜の出来事を問題にしていないのなら、エドワードは黙っていたほうがいいのかもしれない。しかし、深刻に考えて抱えこんでしまい、苦悩させているとしたら申し訳ない。

（苦悩しているチヒロも色っぽいだろうが――いやいや、そういう問題ではない）

好きな相手を悩ませているのが自分なら、どうにかしなければならない。

だがしかし、ポジティブにとらえるのなら、今後の恋愛的展開があり得るからこその音沙汰なし、だったらどうする。嬉しすぎるではないか。昨夜の別れ際の千紘は、エドワードに嫌悪を感じているようには見えなかった。

(どうしよう、チヒロの気持ちを確かめたい。その前に一度、謝罪したほうがいいだろうな)

とはいえ、就業時間中に副社長室に彼を呼び出したら、それこそパワハラになる。立場を考慮して千紘は本音を話してくれないだろう。ではメールで？　いや直接話したい。今夜まで待つのが常識だろうが、エドワードは待てそうになかった。この調子では仕事にならない。ああでもないこうでもないと考えをめぐらせているうちにランチタイムに入っていた。

エドワードは副社長室を出ると、本社敷地内に三カ所あるカフェを回った。どこかに千紘がいるはずだ。三カ所目でやっと見つけた。隅の方の二人掛けのテーブルで、ひとりポツンとアジア風のランチを食べている。時折ぼうっと窓の外を眺めているのはどうしてだろう。自分のことを考えてくれているのなら嬉しい、とエドワードは恋を自覚したばかりのティーンエイジャーのような思考回路に陥っていた。

エドワードは社員たちの列に並び、千紘が食べているものと同じ、鶏肉がのったライスを注文した。トレイを手に近づいていくと、千紘が気づいてハッと顔を上げる。

驚きで丸くなった目には、やはり嫌悪だとか憎悪だとか蔑視だとか、ネガティブな感情は見られない。勇気を持って笑顔を作った。

「やあ、チヒロ。座ってもいいだろうか？」

「……どうぞ」

千紘が躊躇ったのはほんの一瞬だった。周囲の目があるから断れないだろうという卑怯《ひきょう》な気持ちがあったのは、否定できない。エドワードは向かい側に座り、トレイをテーブルに置いた。千紘は同じメニューであることに気づいたようだが、なにも言わなかった。

まず食事を開始した。ほとんど味がわからないほど緊張しつつも半分ほどを胃におさめ、

「チヒロ、昨夜のことなんだが」と小声で切り出す。すぐ近くに社員はいないし、適度にザワついているので聞こえることはないだろう。

「ふざけてあんなことをしたわけではない。家族の話を聞いて、君をどうにかして慰めたいと思った。衝動的ではあったが、君を力ずくで無理やりどうこうしようと考えたわけではないことは、理解してほしい」

「……わかっています」

俯いている千紘が、ちらりと上目遣いでこちらを見てくる。目元がほんのりとピンク色になっているのは、都合のいい目の錯覚だろうか。

「もし、あれがセクハラだと思ったなら、訴えてくれてかまわない」

「えっ？」

驚いた表情で千紘が固まった。そのまっすぐなまなざしを、エドワードは正面から受け止める。千紘はスプーンを置くと、頼りなげに視線をさまよわせた。

「そんなこと……考えてもいませんでした……」

「そうか。考えてくれてもいい」

「いえ、あの、僕は……」

千紘は口籠もったあと、コップの水を飲んでひとつ息をついた。なにか決意したような目でエドワードを見つめてくる。

「昨夜、たしかにびっくりしました。突然だったので。けれど、エドワードは僕を慰めてくれただけだと認識していました」

「しかし十歳近く年上の会社の上司に挨拶でもなくハグされて、嫌だっただろう？」

自分で言っておきながらエドワードは傷ついた。苦笑いが零れる。

「あの、ここだけの話にしてくれますか」

「最初からそのつもりだが、なに？」

「僕はエドワードのような素敵な人にハグされて、嫌だとは思いませんでした。魅力的な男性に抱きしめてもらえて、むしろ得した気分でした。そもそも僕はゲイなので……。特定の恋人もいませんし、そんな、セクハラだなんて発想すらまったくありませんでした」

一息に言い切ると、千紘は食事を再開する。エドワードは突然与えられたいくつかの情報で頭が飽和状態になった。それでもなんとか「打ち明けてくれてありがとう」と相槌（あいづち）を打てたのは上出来だったかもしれない。

まったく味がわからない食事を終えて、二人揃ってカフェを出た。その場で別れてエドワードは副社長の部屋に戻ったが、そわそわと落ち着かない。

（チヒロはゲイだったのか……。しかも今は特定の恋人がいないと）

しかもエドワードのことを、魅力的だとか、素敵だとか言ってくれた。これはもう脈があると受け取っていいのではないだろうか。抱きしめられて得をしたなんて、相手に好意を抱いていなければ思わない。

副社長室のドアがノックされて、アレックスが入ってきた。いつのまにかランチタイムが終わっている。そういえば午後イチにアレックスと会う予定になっていたのだ。

「ヒトツギチームのことだけど――」

預かっている五名のことを、アレックスがザッと報告してくる。いくつかの小さな問題は起きたが、そのつど解決していて、総じて今のところ順調だと、アレックスはファイルを差し出しながら微笑んだ。

「開発班のラボでは、このまま継続して四名とも勤務してほしいと要望が来ているわ。日本人は真面目でコツコツと取り組んでくれるって」

「そうだな。アレックスの班はどうする？」

「そうね、全員はいらないかな。うちは少数精鋭がモットーだから。ファイルの中に、一人ずつの査定表があるから見ておいてくれるかしら」

「わかった」

「クラークのところのハラダは、まあまあの及第点みたいね」

千紘の名前にギクッと肩を動かしてしまった。すぐに「そうか」と自然に相槌を打ったつもりだったが、どこかぎこちなかったかもしれない。アレックスがふと真顔になる。

「……ハラダがどうかしたの？」

「いや、ぜんぜん、まったくどうもしていない」

力いっぱい否定してしまい、エドワードは背中に汗をかいた。これがビジネス上の駆け引きの場であれば話術で相手を手玉に取ることだってできるし、ポーカーフェイスは得意だ。いったいこれはどうしたことか。自分で混乱するほど不自然な態度になってしまっている。

「ハラダとなにかあった？」

「なにもない」

食い気味に答えてしまい、またもやエドワードは汗をかく。アレックスを直視できず、エドワードは視線を斜め下に向けたまま口をつぐんだ。もうこれはなにも言わないほうがいい。

黙っていたアレックスは、「まあ、いいわ」と引き下がってくれた。この場では追及しないと決めたようだ。

ファイルを置いて副社長室を出ていく妹の後ろ姿を見送る。後日必ず訪れる追及の場に向けて対策を練らなければならないことに、エドワードはため息をついた。

◇◇◇

その店に入った瞬間、千紘は後悔した。場違いすぎる。もう帰りたい。

薄暗い照明のやや広いバーにいるのは男ばかりだ。筋骨隆々の体にぴちぴちサイズのTシャツを着た男や、スキンヘッドにタトゥーを入れた男、黒々とした髭を生やした褐色《かっしょく》の肌の男、誰もかれもが千紘より体格がよく、恐ろしさが先に立つ。

ネットで調べたゲイバーに来てみたが、千紘は周囲から寄せられるさまざまな意味がこめられた視線に、恐怖を感じた。単なる好奇の視線ならまだいい。相手を探しに来たのだから。そうではなく、獲物を物色するハンターの目が怖い。捕まったらどんな目に遭わせられるのだろうか。

帰りたがる足を叱咤《しった》して、千紘は店内のカウンターへ近づいた。飲み物を注文し、さてどうしようと考える。とりあえず経験したくて来てみた。自分から誰かに声をかけることはできそうにない。そんな度胸はなかった。

あまり冷えていないビールをちびちびと飲んでいると、肩を叩かれた。

「ハイ、見ない顔だな」

振り返るとすらりとした青年が立っていた。アジア系の顔立ちにホッとする。

「仕事でこの街に来ているんだ。この店は初めてで、ちょっと気後《きおく》れしている」

「そうか。チャイニーズかな？」

「いや、ジャパニーズ。君は？」

「親はチャイニーズだが、俺は生まれも育ちもアメリカだ」

マイクと名乗った青年は、笑うと若く見える。千紘より年下だろう。

「僕は……ヒロ」

「ヒロか。なあ、ジャパニーズって大人もマンガ読むってホント？」

マイクは場慣れしているらしく、おたがいのプライベートに踏みこまない話題を繋ぐのがうまい。喋っているうちに腰に腕を回されたが許した。細身のマイクには威圧感がなく、恐怖は感じない。とりあえず経験を積みたい千紘にとって、悪くない相手かもしれなかった。

三十分ほど他愛のない話をしたあと、マイクが耳元で囁いてきた。

「ヒロ、ここは騒がしい。場所を変えようぜ」

千紘はマイクに手を引かれ、店を出た。日本と違って、ラブホテルなどない。こういうときはどうするのだろうか、と夜の街を見渡す。

「俺の車で行こう」

　マイクは路上駐車してあった車を指さした。たしかマイクはカクテルを飲んでいた。飲酒運転になるのではと思ったが、こんなときにそれを指摘してどうなるのかと千紘は半ば自棄《やけ》で車に乗りこんだ。見知らぬ街の初対面の男の車に乗る。危険は承知だ。これから自分がなにをしようとしているのか考えれば、ささいな危険信号など無視できる。

　エドワードに抱かれるために、ほかの誰かとセックスする。馬鹿馬鹿しいくらいに愚かな行為だ。けれど考えた末のことだった。

　車は繁華街から離れ、静かな公園の近くに移動した。マイクは運転しながらも調子よく喋っていたが、車を停めると口を閉じた。千紘が動かないでいると、黙って覆い被さってくる。このまま車の中でするつもりらしい。

「ヒロは、どっちがしたい？　抱かれたいのか？　抱きたいのか？　俺はどっちでもいいぜ」

　マイクはもう興奮していた。鼻息荒く顔を寄せてくる。街灯の光がわずかに届くだけの暗闇の中、千紘は迫りくるマイクから思わず顔を背けてしまった。土壇場になって、全身が悪寒に包まれている。頭の中で、もう一人の自分が「無理だ！」と叫ぶ。

「ごめん、できない」

　震える声で拒絶した。「は？」とマイクが剣呑《けんのん》な声を出す。当然だ。

「ごめんなさい。本当に」

　マイクを押しのけ、ドアに手をかける。ここがどこだかわからないが、人通りがあるところまで走っていけばタクシーが拾えるかもしれない。

「おい、ここまでついてきて、今さらなに言ってんだ？　俺を馬鹿にしているのか？」

「ごめんっ」

「待てよ！」

ドアを開けた千紘を、マイクがものすごい力で掴まえて離さない。揉み合いになった。

「おとなしくしろ！」

唇が重なってきて吐きそうになる。千紘にとって生まれて初めてのキス。ぬるりと舌で唇を舐《な》められ、悲鳴を上げそうになった。

「嫌だ、やめろっ」

「いい加減にしろよ！」

怒声と同時に、顔面に衝撃を受けた。眩暈がするほどに頭が揺れたが、それでも千紘は必死で車から降りる。マイクが汚いスラングで罵《ののし》ってきた。それを振り切るように駆けだす。とにかく全力で、走った。


無謀な挑戦は、翌日、報いとなって顔に現れた。マイクに殴られた左顔面が派手に腫《は》れたのだ。時間はかかったがなんとかアパートメントに帰宅することができて、すぐに冷やしたが遅かったようだ。一目で殴られたとわかる痣《あざ》をつけて出社することはできない。千紘は仮病を使って会社を休んだ。

こんなことなら週末に計画を実行すればよかったと後悔したが、そもそも週末はエドワードを食事に誘って部屋に招くつもりだったのだ。うまくいけばベッドインできるかもしれないと、浅はかなことを考えて。

鏡の中でひどい顔をしている自分を見る。拳《こぶし》で殴られたからか、腫れているだけでなく擦過傷のようなものもできていた。唇も少し切れていて、じくじくと熱を持っている。口を大きく開けられないから、食事も満足にできなかった。ますます憂鬱になる。

「痛……」

触れると痛い。あたりまえだ。これでは明日も外に出られない。そのあとは週末だが、この痣が目立たなくなるには、いったい何日かかるのだろうか。さいわいなことに急を要する重要な案件は任されていない。日をまたぐ業務も抱えていないので、数日は休んでも支障はないだろう。

することもないので、千紘はパジャマ姿のまま、日がな一日、ベッドの上でごろごろしていた。ベッドサイドにはローションのボトルとディルドが無造作に置かれている。専門サイトで購入したものだ。それが視界に入ると、苦い思いがこみ上げてくる。

届いてから日々自分の体を慣らすために使った。ディルドは細いものなので挿入しても痛みはなかったが、気持ちよくもなかった。異物感だけがあって、ぜんぜん感じなかった。きっとアナルセックスに向いていないのだろう。後ろで感じるかどうかは個人差があるというから。馬鹿なことをした。好きでもない初対面の男とセックスできるくらいなら、もうとっくにしていただろう。この年まで経験がなかったということは、貞操観念が強く、行きずりの関係など性格的に無理なのだ。

どうしよう。哲也の要望には応えられないかもしれない。エドワードを籠絡するなんて、はなから不可能だったのだ。

窓の外が暗くなってきたことに気づき、ため息をつきながら千紘はベッドから下りた。食欲はあまりないけれどなにか作ろうかとキッチンへ行く。買い置きのパスタならあるので空腹を感じたときにすぐ食べられるよう、トマト缶を使ってソースを作っておこうかなと考えた。一人暮らし歴が長いので、だいたいのものは作れる。

そのとき、ビーッと玄関の呼び鈴が鳴った。軽やかなチャイム音でないところがアメリカらしい。ちらりと時計を見ると、会社の終業時間はずいぶん前に過ぎている。一ツ木チームと呼ばれている日本から来た十人は同じアパートメントで生活しているので、その誰かかなと思った。千紘が休んでいるのを聞いて、様子を見に来た可能性はある。

ドアチェーンをかけたままで、「はい？」と玄関ドアを細く開けた。腫れた左顔面を見られるわけにはいかない。

「チヒロ、私だ」

エドワードが片目で覗きこんできて驚いた。栗色の瞳が気遣わしげに千紘を見下ろしてくる。

「ああ、よかった。わりと元気そうだ」

ホッとした顔をして、「体調はどうだ？」と聞いてきた。

「クラークに君が休んだと聞いて心配していた。さっきモバイルにメールをしたんだが返事がなかったので、部屋の中で倒れているんじゃないかと気になって、来てしまった。突然すまない」

「すみません、モバイルは見ていませんでした」

「そうか、それならそれでいい。こうして立って歩いて会話ができるくらいなら大丈夫だな」

「あの、すみません、わざわざ来てもらったのに、その、中には……」

「いや、いいんだ、勝手に来ただけだから、すぐに帰る」

エドワードがにっこりと笑った。それだけで体のどこかがキュッと切なくなる。昨夜、マイクの笑顔にはまったく抱かなかった感覚だ。

「チヒロ、差し入れを持ってきた。これだけ、受け取ってくれないか」

ガサッと音がして、ビニール袋を目の高さに上げられた。中身は果物や飲料水のようだ。ドアチェーンを外すことに躊躇いがあった。顔の左側を見られたらマズい。けれど仮病なのにわざわざ見舞いに来てくれたエドワードを、このまま追い返すことなどできない。

「じゃあ、それだけいただきます」

ドアチェーンを外し、自分の顔がドアの陰に入るように動いて、袋を受け取る腕だけを出した。袋を受け取り、ホッとしたところでエドワードの手がドアにかかった。

「あっ」

「チヒロ、ひとりで大丈夫……か……」

ぐいっとドアを広く開けられて、まともに顔を見られてしまう。エドワードは唖然《あぜん》として固まったあと、顔色を変えた。

「その顔はいったいどうしたんだ。なにがあった？　誰にやられた？」

「いや、あの、これは……転んでぶつけただけで……」

「そんなわけはない。明らかに誰かに殴られた痕《あと》だ。いつ、誰に、どこでやられた？」

いつもは柔和なエドワードの顔が強張り、声が大きくなった。肩を怒らせて迫ってくるエドワードに押され、千紘は何歩か後退した。結果的にエドワードを部屋の中に入れてしまうことになり、彼の背後で玄関のドアがゆっくりと閉まる。

エドワードの指が千紘の顎《あご》にかかり、左顔面を凝視された。「ひどいな」と呟き、さらに険《けわ》しい顔になる。

「病院には？」

「……行っていません」

「警察には届けていないな？　すぐに届けを出して、相手を拘束させよう。これは傷害事件だ。すぐに病院へ行って診断書を書いてもらわないと」

「待ってください」

「相手を庇《かば》う必要はないぞ。君のきれいな顔にこんなひどいことをして。許せない。私の家が懇意にしている弁護士事務所がある。傷害事件に詳しい弁護士もいるはずだから、まずはアポイントを——」

エドワードが上着のポケットから携帯電話を出した。あまりのスピード展開に千紘は焦る。

「エドワード、やめてください。僕は大ごとにするつもりはありませんっ」

「泣き寝入りは私の性に合わない。大丈夫、すべて私に任せてくれれば悪いようにはしない。ラザフォード家はこの街で顔が利く。警察にも知り合いがいるから、きちんと対処してくれるだろう。それで、相手は？　どこで、誰にやられた？」

「エドワード、お願いですから……」

「相手は誰だ」

エドワードは本気だ。今にも弁護士か警察に電話をかけようとしている。千紘はもう自棄になって叫んだ。

「相手はわかりません。行きずりの男です！」

栗色の瞳が不思議そうに千紘を見つめる。意味がわからない、といった感じで眉間《みけん》に皺《しわ》が寄った。千紘は唇を噛み、俯いた。

昨夜のマイクが本名を名乗ったかどうかわからないが、警察が総力を挙げれば、もしかして居所がわかるかもしれない。けれど殴られたのは千紘の自業自得の部分が大きく、彼を糾弾するつもりはなかった。悪いのは自分だ。愚かだった。

いっそのこと、ここでエドワードに軽蔑されて縁が切れてしまえば、哲也は激怒するだろうが産業スパイをしなくてすむかもしれない。会社に損害を与えることもないだろう。

「昨日の夜、仕事が終わってから繁華街へ行きました。こっちに来てからずっと、夜遊びしていなかったから、いい加減もう欲求不満だったんです。適当に相手を見繕って発散するはずが、人選を誤りました。優しそうな外見の男だったんですが、二人きりになったら豹変《ひょうへん》して暴力的になったんです。それで抵抗したら殴られて……」

「レイプされたのか」

氷のように冷え切った声音で問われ、千紘は俯いたまま首を横に振った。

「逃げました」

ここだけは真実だ。経緯は嘘。作り話。尻軽の淫売だと認識されてもいい。もういい。もう終わりだ。

「……殴られたのは事実ですけど、傷害事件にするつもりはありません。弁護士も結構です。こんなことでいちいち騒いでいたら、夜遊びなんてできないじゃないですか。思ったより顔が腫れてしまったので今日は会社を休んでしまいました。それは申し訳なかったと反省しています。遊ぶならキレイに遊ばないといけませんでした」

一息に言って、ため息をつく。いつのまにか手から落ちていた差し入れの袋を床から拾い上げ、キッチンへ持っていった。エドワードは立ち尽くしたまま動かない。どんな顔をしているのかは、怖くて見られなかった。

沈黙が辛い。千紘はわざと足音をたててベッドへ行き、座った。室内の照明はキッチンにだけ煌々《こうこう》とついている。玄関ドアの前は暗くて、エドワードはまるでよくできた彫像のように動かない。

「そういうことなので、もう……帰ってくれませんか。放っておいてください」

なんだかドッと疲れた。俯いていると顔がズキズキと痛んでくる。カツカツと革靴が床を踏む音が近づいてきた。帰ってほしいという千紘の願いを無視するつもりらしい。部屋の主は千紘だ。借主は会社だとしても。

苛立《いらだ》たしく思って顔を上げ、ギクッと全身を強張らせる。千紘を見下ろしているエドワードには表情がなかった。なまじ整っているだけに感情が消えた顔はひどく冷たく感じる。

「……いつも、――を……？」

「え？」

声が小さすぎてよく聞こえなかった。

「君はいつも、行きずりの男を相手に欲求を満たしているのか？」

「あなたには関係ありません」

「関係ない？　こんな、腫れた顔を見せられて、関係ないなんて……」

エドワードの顔が歪んだ。ギリッと歯が噛みしめられる音がする。

「なぜ私に相談しなかった」

「なにをですか」

「欲求不満を解消したいなら、相談してくれればよかったのに」

「そんなことできませんよ。それに相談したからといってなんになるんです」

「私が相手をする。それですべてが解決だ」

聞き間違いかと思った。英語の聞き取り能力がふいになくなったのかと。けれどエドワードは続けて、「私は殴ったりしない。君のきれいな顔を気に入っているからな」と言った。

「……わけのわからないことを、言わないでください」

「どうして？　私にだって、そのくらいのことはできる」

エドワードがスーツを脱ぎ始めた。シルクのネクタイやオーダーメイドのスーツが無造作に床に投げられる。磨きこまれた革靴が転がるのを、千紘は呆然と眺めるしかなかった。

「これを使えばいいのか？」

ベッドサイドに置かれたローションのボトルを、ワイシャツ一枚の姿になったエドワードが手に取った。開封されて中身が減ったボトルを振り、ディルドをちらりと見る。エドワードが片頬《かたほほ》だけで笑った。

「これは君愛用の玩具か？」

カッと顔が熱くなり、千紘は慌ててそれを引き出しにしまった。ビッチのふりをして昨夜のことを語るのは恥ずかしくなかったが、このディルドは実際に使ったものだ。それをエドワードに見られてしまい、羞恥《しゅうち》のあまり体が燃えるように熱くなる。

「ふざけたことを言って僕を馬鹿にするのもいい加減にしてください。もう、帰ってくれませんか」

「帰らない」

しれっと拒絶したエドワードに怒りが湧《わ》いた。

「帰ってくださいっ」

「嫌だ」

目の前に仁王立《におうだ》ちになっているエドワードが目障りで、腹立たしさのあまり手を上げた。両手でその胸をドンと突く。分厚い胸板はびくともしなかった。エドワードの表情も変わらない。

悔しくて再度上げた手を、がっしりと掴まれた。ぐるりと視界が回って悲鳴を上げそうになった次の瞬間には、ベッドに寝転んで天井を見ていた。押し倒されたのだ。無言で千紘に覆い被さってくるエドワードから逃れようとしたが、体重をかけられて身動きできなくなる。

顔の横にローションのボトルがこれ見よがしに置かれた。息を呑んでいると、顎を掴まれた。唇が重なってくる。すぐに舌が歯列を割って入ってきて、乱暴に口腔をかき回された。殴られて傷ついたところが痛い。あたふたしながら舌で舌を押し返そうとしたら、ねっとりと絡められた。動きに応じたわけではないのに甘噛みまでされて、背筋をぞくっと甘美なものが走り抜ける。傷の痛みがどこかへ消えていった。

顔が重なる角度を何度も変えながら、エドワードはキスをやめない。重なっている体は熱くて重かった。それが心地よいと感じるころには、千紘はエドワードのワイシャツにしがみついていた。

これが人生二度目のキス。唇と舌の感覚がなくなるほどに長い時間貪《むさぼ》られ続けたキスのおかげで、最低だったファーストキスの記憶はきれいに塗り替えられた。

（エドワード……！）

ここにきてやっと、千紘は自分の気持ちを知った。この人のことが好き。ただの憧れでも、尊敬でも、友情でもなく、好き。もうとうに愛し始めていたのだ。

くちづけながらエドワードは千紘のパジャマを脱がせてきた。下着の中で性器はすでに膨らみ、濡れている。それを恥ずかしいと思う冷静さをなくした千紘は、全身でエドワードを求めた。一糸まとわぬ姿にされ、両足を開かされても抵抗などしない。これほどまでに興奮したのは初めてだった。

最初で最後のチャンスかもしれないと、意識して身を投げ出したわけではない。ただこれがエドワードの気まぐれであったなら、逃したくなかった。二度目はないかもしれない。必死に、それこそ溺《おぼ》れる者が藁《わら》に縋るようにしがみつく千紘を、エドワードが怒りに燃える目で見ていたのは覚えている。

たぶん、エドワードは千紘がアナルセックスに慣れていると思いこんでいた。ローションで濡らした指を千紘の後ろに挿入し、何度か抜き差ししただけで勃起した性器を押しこんできた。それは想像よりもずっと太く、長く、逞しかった。細くともディルドで弄《いじ》った経験がなかったら、きっと千紘は重傷を負っていただろう。

ベッドに四《よ》つん這《ば》いになり、尻だけをエドワードに向けて掲げる体勢でいた千紘は、枕《まくら》に噛みつくことで悲鳴を消した。ブラックアウトしそうな激痛の中、エドワードが自分に欲望を感じて勃起してくれたことが嬉しかった。

「チヒロ、チヒロ、チヒロ」

何度も名前を呼びながら、エドワードが腰を打ち付けてくる。ひたすら激痛に耐え、視界がぶれるほどに揺さぶられ、千紘は体の奥にエドワードの体液を受けた。当然、千紘は快感などない。けれど部屋の中は薄暗く、ベッドの位置はさらに暗くてエドワードは気づかなかったようだ。千紘の様子に気を配るほどの余裕がなかったのかもしれない。

体位を変えてさらに抱かれ、千紘は体力を根こそぎ奪われた。二度も体内に注がれたあと繋

がりが解かれ、千紘はぐったりと四肢を投げ出す。開いたままなかなか閉じない後ろから、だらだらとエドワードのものが漏れてきているのがわかったが、どうすることもできない。

すぐそばにいるエドワードの息遣いが、ゆっくりと平常時のものに戻っていく。ギシッとベッドが軋《きし》み、エドワードが裸のまま部屋の中を歩いているのが、気配でわかった。カチッと小さな音とともに、部屋の中が明るくなる。照明のスイッチを入れたのだ。エドワードが息を呑んだのが聞こえた。

「チヒロ……」

頼りなげな小声に、千紘は眩《まぶ》しさに顔をしかめながら視線をめぐらせる。エドワードは愕然とした表情でふらふらとベッドに歩み寄ってきた。青ざめて、見開かれた栗色の瞳には涙が浮かんでいる。どうしたの、と聞こうとして、声が喉に絡んだ。不意に咳《せ》きこんだ千紘を、エドワードが慌てて抱きしめてくる。

「チヒロ、すまない、私はどうかしていた、こんな、こんなこと、私は……！」

エドワードの狼狽《ろうばい》ぶりが不思議だったが、その理由はすぐにわかった。千紘の体にはエドワードの指痕や歯形がつき、足の間から零れている体液には血が交じっていた。たしかに全身に痛みはあるが、千紘はこの程度ですんで運がよかったと思った。

「大切な君にこんなことをするなんて、私は大馬鹿者だ。いくら頭に血が上っていたとはいえ、衝動的に、君を――」

痛いほどにぎゅっと抱きしめられて、千紘はなんと答えていいのか戸惑った。ろくな抵抗をしなかったのはこちらだ。少しばかり強引ではあったのは認めるけれど、千紘は嫌ではなかった。

「あの、エドワード……」

「チヒロ、愛している」

潤んだ栗色の瞳が、まっすぐに千紘を見つめてくる。えっ、と固まった千紘にかまわず、エドワードは繰り返した。

「愛しているんだ、チヒロ。こんなことをしでかしてから告白しても信用がないかもしれないが、信じてくれるまで何度でも言う。愛している。心から、君のすべてを」

大きな手が千紘の乱れた髪を撫《な》で、愛おしそうに哀しそうに歯形や指の痕をなぞった。

「君が行きずりの相手に暴力を振るわれたと知って、冷静でいられなかった。これほどまでに理性をなくしたのは生まれて初めてだ。自分でも、どうかしていたとしか思えない」

千紘の手を取り、エドワードは甲にくちづけた。懺悔《ざんげ》と愛の言葉を繰り返す、その態度が嘘だとは思えない。

「……本当に、僕を……？」

夢ではないのか。これは現実ではなく、願望が都合のいい夢を見せているだけでは？

「本当だ、チヒロ。私の愛は君だけのものだ」

「その、こういうことになったから、責任を感じて？」

「違う。責任を感じているのは事実だが、初めて会ったときから、君は特別だった。恋をしていると気づいたのは、君がボストンに来てからだ。君のことが気になってたまらなかった」

「エドワードはゲイなんですか」

わからない、とエドワードは曖昧《あいまい》な返事をした。

「今まで男と付き合ったことはない。けれど君への想いは本物だと、私は知っている。疑わないでほしい。君を愛しているんだ」

胸に迫る告白だった。自分がなぜエドワードのハートを射止めることができたのか、困惑する部分もある。しかし、たとえ一時の気の迷いでも、罪悪感からの告白でも、嬉しかった。こんな幸せな瞬間が、自分にも訪れたのだと、一生の思い出にできそうな気がした。

「チヒロ……愛情が本物でも、私がしたことは帳消しにはならない。さっきの行為は明らかに暴力だった。私は君をレイ――」

「していません。あれは合意のうえでの行為でした」

「いや、それは」

「僕は抵抗していませんでしたよね？」

「君と私の体格差を考えたら、恐怖心が先に立って抵抗など満足にできなかったはずだ。私を庇わなくてもいい。弁護士を呼ぶから、君の好きなようにしてくれ。それとも警察が先か」

「呼ばなくてもいいです」

「ダメだ。こういうことは、きちんとしておかないと、後々君が後悔することになりかねない」

頑固なエドワードは自分が脱ぎ捨てたスーツをまさぐって、携帯電話を探し始めた。どうしよう、どうすればいい？　千紘はエドワードを犯罪者にするつもりはないし、慰謝料をもらうつもりもない。

「僕の好きなようにしていいのなら、また二人きりで会ってください」

えっ、とエドワードが振り返る。千紘が手を伸ばすと、急いで握ってくれた。

「今度はあなたの部屋に行ってみたいです」

柄にもなく大胆な言葉を口にしている自覚はあった。ただ、千紘は必死だった。

「チヒロ、それは……」

「意味、わかりますか？」

「私を許すと言うのか」

「警察も弁護士も呼ばないでください。僕はまだあなたと二人きりでいたい」

「ああ、チヒロ」

かき抱かれて、千紘は痛みに呻《うめ》いた。慌ててエドワードが腕の力を緩めてくれる。

「すまない、どこか痛むのか？」

「たいしたことはありません。とりあえず、シャワーを浴びたいので、バスルームまで連れていってくれますか?」

「わかった」

大真面目な顔でエドワードは頷き、千紘を抱き上げてくれた。細身とはいえ身長は百七十センチある成人男性だ。軽々と横抱きにしたエドワードはすごい。危なげなく運んでくれるエドワードを頼もしく思い、逞しい首にしがみつく。

シャワーは二人一緒に浴びた。エドワードは千紘の体を丁寧に洗ってくれ、傷ついた後ろに薬を塗ってくれた。

その夜、エドワードは部屋に泊まっていった。きれいなシーツにとりかえたベッドで、くっつきあって眠った。けれど千紘の頭の隅には、常に哲也の顔がチラついていた。まんまとエドワードと親密になれたのだから、次は——と悪魔が囁く。

今だけは哲也のことを忘れていたい。好きな男に抱きしめられて、初めて夜を過ごすのだ。哲也の命令など知らない。そう思いたかったが、結局は従わざるを得ないことは千紘が一番よくわかっていた。

◇◇◇

数年ぶりに恋人ができた。エドワードは気を抜くと鼻歌をうたいながらステップを踏んでしまいそうな気分で、ここのところ日々を楽しく過ごしている。

仕事は相変わらず忙しく、NY支社とボストン本社を行ったり来たりしながら、かつ世界中を飛び回っているので、なかなか千紘に会えない。それでも電話をすれば声が聞けるし、なんなら画像だってリアルタイムで見られる。千紘の顔から腫れが引き、痣が消えていくのを確かめることもできた。愛の言葉を伝えれば、千紘は恥ずかしそうな顔を見せてくれる。それだけで心が温かくなり、飢《う》えがいくぶん治まった。

ボストンに戻れたときは、必ず二人きりの時間を作った。恋人らしく抱き合うときは、もっぱらエドワードの自宅。千紘が住むアパートメントには社員が何人もいるので、エドワードが出入りしているところを見られたら困ると千紘が言ったからだ。エドワードとしても、自分の家で千紘と過ごすことに否やはない。キングサイズのベッドは、二人で寝ても余裕があるほど広いからだ。

「チヒロ、大丈夫か？」

「……はい……」

エドワードは腕の中で汗ばんだ胸を喘《あえ》がせている千紘を見下ろした。光量をしぼった寝室のベッドの上で、千紘はほっそりとした肢体を投げ出している。ついさっきまでエドワードの愛《あい》撫《ぶ》に溺れ、嬌声《きょうせい》を上げていた恋人は、視線を合わせてきて照れたように顔を背けた。

「そんなにじっと見つめないでください」

「どうして？」

「きっと、みっともない顔をしているから……」

「どこがみっともないんだ？　色っぽくてきれいだよ。もう一度挑みたいくらいにね」

笑い交じりで付け加えたら、千紘が不安そうな顔をした。苦笑して、「今夜はもうしないよ」と軽くキスをしながら言ってやる。ホッとした表情になり、千紘は体を起こしてベッドを下りた。千紘用に購入したガウンを素肌に羽織る。

「シャワーを浴びてきます」

「歩けるか？　手伝ったほうがいいなら――」

「ひとりで大丈夫です」

もう何度も夜を過ごしているのに、千紘はバスルームのような明るい場所で体を見られるのが恥ずかしいらしい。顔を赤くして拒んでくる千紘が可愛かった。

華奢な背中を見送り、エドワードはひとつ息をつく。もう一度したいのは本当だ。挿入なしのセックスは、何度射精してもいささか物足りない。千紘の体中を弄り回してよがらせるのは楽しいし興奮するが、今まで男女の行為しか経験がないエドワードにとって、セックスはイコール挿入だ。愛する人と体を繋げることなく行為を終わらせるのは、かなりの精神力を必要とした。

しかし、エドワードは決めたのだ。二度と千紘を強引に抱かないと。

千紘の部屋でローションとディルドを発見し、エドワードはアナルセックスに慣れた男なら、たいした準備がなくともすぐにできるのだと思いこんでしまった。衝動のままに挿入して、女性を抱くように好き勝手に動いた結果、千紘は傷ついた。あのときの、血の気が引いた千紘の顔と、彼の肛門から零れてきた血が交ざった精液を見たときの衝撃は、たぶん一生忘れられないだろう。

いくら慣れた男でも女性とは体のつくりが異なる。ゆっくり時間をかけて異物の挿入に慣らしていき、慎重に体を繋げなければならないのだと、あとになってから知った。

後日、エドワードは千紘にあらためて謝罪し、当分のあいだは挿入しないことを明言した。けれど愛する千紘に会ってなにもしないではいられない。挿入以外のことはさせてほしいと千紘に頼み、彼は許してくれた。二度目の夜は、強引だった一夜目の記憶がまだあたらしかったせいか、緊張しているようだった。めげずにエドワードが心をこめて愛撫をすると、千紘は蕩《とろ》けて感じてくれた。頬を紅潮させて悶える千紘を眺めているだけで満たされた。

それから何度か夜を過ごし、二人の行為はオーラルセックスが中心になっている。エドワードのペニスを、千紘はその小さな口で愛撫してくれるのだ。物足りないなどと言っては罰が当たる。

エドワードはガウンを羽織り、ベッドを下りたところで千紘が戻ってきた。さっぱりとした顔をしている。そっと抱き寄せて頬にキスをした。

「じゃあ、行ってくるよ。ああ、チヒロ、水を一本持ってきておいてくれないか」

「わかりました」

頷いて、千紘はキッチンへ向かった。

千紘はもうエドワードの家の中ならほぼ把握している。本社から車で三十分ほどの郊外にある一軒家は、副社長になった五年前に購入したものだ。なので恋人をここに招いたのは千紘が初めてだ。そう言ったら、千紘は驚いていた。どうやら彼は、エドワードがかなりのプレイボーイで、恋人がたくさんいると思っていたらしい。「そんな暇はないよ」と笑ったら、千紘も「そうですね」と笑った。笑顔がまた可愛かった。

エドワードはシャワーを浴びて汗を流し、全身をボディソープで念入りに洗った。千紘はほとんど体臭がない。二十代男性とは思えないくらいで、香水を使ったことがないというのも頷けた。無臭の千紘にしたらエドワードは体臭がキツいのではないかと気になるようになり、彼に会うときは必ずシャワーを使うようになった。そしてセックスのあとも、きちんと洗い流す。

かつて、これほどまでに気を遣った相手がいただろうかと、エドワードは笑いが零れる。

バスルームから出て、火照った体にバスローブを着る。サニタリーで濡れた髪を乾かし、身だしなみを整えてからガウンに替えてベッドルームに戻った。

そこに千紘はいなかった。ベッドサイドに水も置いていない。バスルームにいたのは十五分程度だ。キッチンから水を取ってくるのに、それほど時間がかかるとは思えない。どこかで倒れているのだろうか。

疲れ果てるほどにセックスをしたつもりはないが、なにしろエドワードよりもずっと華奢な体格をしている千紘だ。にわかに心配になってベッドルームを出たところで、ペットボトルを持った千紘と鉢合わせした。

「ああ、チヒロ、今探しに行くところだった」

「すみません、ぼうっとしていたら水を取ってくるのを忘れていて」

はい、とペットボトルを手渡される。千紘の肩を抱き寄せるとホッとした。まだしっとりとしている黒髪にキスをして、ベッドルームに引き入れた。


「兄さん、ちょっと話があるんだけど」

ボストンからNY支社に移動してきたエドワードに声をかけたのは、アレックスだった。妹も用事があってちょうどNYに来たところだったらしい。有無を言わさぬ強引さで、手近な会議室に連れこまれた。

「時間がないから手短にするわ」

紅茶色の瞳をキラリと光らせ、腕を胸の前で組んだ。上司と部下という関係性で話をする感じではない。ということは、プライベートだ。穏やかではないアレックスの態度から、なんとなく予想がついた。

「兄さんはハラダと付き合っているの?」

やはりそれだったか、とエドワードはため息をつく。

「そうだ、チヒロは私の恋人だ。どうしてわかった?」

「このあいだ、兄さんの家に寄ろうとしたのよ。土曜日の昼だったわ。ボストンにいることは知っていたから、ランチでも一緒にどうかと思って。そうしたら、庭にハラダが出ているのが見えたの。高い柵と植木で庭のほとんどは外から見えないけど、門からはわりと見えるのよ。兄さんの声もして、なんだかずいぶんと親密な様子だったからUターンして帰ったの」

「それは気がつかなかった、すまない」

ぜんぜん悪いと思っていないが、とりあえず謝った。貴重な休日の逢瀬《おうせ》を邪魔しないでくれてありがたかった、と感謝したほうがよかっただろうか。

アレックスは難しい顔になって、「どうしていきなりハラダが恋人になったの」と疑問をぶつけてくる。それはこちらも聞きたい。ただ思いがけず恋に落ちた、としか返せないのだ。

「まさかアーサーだけじゃなくエドワードまでゲイになっちゃうなんて……。べつに咎《とが》めるつもりはないけど衝撃だわ。ハラダから言い寄られたの? 彼って男臭くないから、あまり同性であることを意識しなくてすむから、迫られてその気になった?」

「それは違う。私が彼を好きになったのが先だ」

　アレックスが悩ましげなため息をつく。

「……ハラダの身辺調査はしたの？」

「していない。必要ないだろう。彼はごく普通の家庭で育てられたジャパニーズで、ヒトツギ薬品の社員で、今ボストンで研修を受けている。それだけで充分だ」

「ハラダが悪い人だとは思わないけど、兄さんは大企業の重役だということを忘れないで。プライベートに関わってくる人間は調べるべきだわ。なにか目的があって近づいたかもしれないでしょう？」

「チヒロの場合は違う。私から近づいて口説いたんだ」

「そう仕向けられたのかもしれないじゃない。いいわ、私が勝手に調べるから。どうやら兄さんは始まったばかりの恋愛に目が眩んでいるようだから」

　まだ二十代で六歳も年下の妹に呆れた口調で言われてしまい、エドワードは苛ついた。

「アレックスはチヒロのことをよく知らないから、そんなふうに考えてしまうんだ」

「よく知らないからこそ客観的になれるのよ。知り合って間もない外国人を……それも買収した会社の人間を自宅に入れてしまうなんて、無防備にもほどがあるわ。セックスするならホテルを使いなさいよ。腐るほどお金を持っているくせに」

「セックスのためだけにチヒロと会っているわけではない」

「情報はきちんと管理しているんでしょうね？」

「今までと変わらず厳重にしている」

そもそも自宅に仕事を持ち帰っていないし、たまに自分のノートパソコンで経営に関する未公開の情報を確認するときはあるにはあるが、パスワードは定期的に変更して頭の中にだけ記憶している。

「そこは兄さんを信用するわ」

「チヒロを信用しろ」

「兄さん、まったく彼を信用していないわけではないのよ。ただ用心はしないと」

アレックスはタブレットで現在時刻を確認し、「もう行かなくちゃ」と慌ただしい。

「ハラダのことは調べるわよ。一週間もすれば報告書が届くから、兄さんにも目を通してもらいますからね」

そう一方的に言って、アレックスは部屋を出ていった。エドワードは苛立たしい気持ちのままポケットから携帯電話を取り出し、ボストンにいるクラークに電話をかけた。

『副社長、どうかしましたか』

コール音二回で応答したクラークの落ち着いた声に、荒ぶっていた心が少し治まった。

「チヒ…ハラダはどうしている？」

『自分の席で仕事をしています。特に変わったところはないように思いますが、なにか問題でも起きましたか？』

「いや、なにもないならいい。忙しいところを悪かった」

通話を切り、ひとつ息をつく。アレックスがそういう意味で千紘に言及してくるとは、思ってもいなかった。彼と付き合っていることには近いうちに気づかれると予想していた。アレックスは日ごろからエドワードをよく見ていて、変化に敏感だからだ。今までも恋人ができると、家族の中で一番に気づくのがアレックスだった。

「一週間後……」

千紘の報告書など、読みたくない。自分にとって都合の悪いことが書かれていたら、動揺してしまいそうだ。いや、そもそもエドワードが困ることなど報告されるはずがない。

だがアレックスの心配も理解できる。逆の立場だったら、エドワードも同じことをするだろう――。

NY支社で何日か仕事をしたあと、エドワードは週末をボストンで過ごすために戻った。あらかじめ千紘には伝えてあったので、ボストン空港まで迎えに来てくれた。シャトルバスと地下鉄を乗り継いで来てくれた千紘は、エドワードを見つけると控えめながら嬉しそうな笑顔を見せてくれる。

この場で抱きしめて熱烈なキスをしたいくらいの愛しさがこみ上げてきたが、ぐっと我慢した。地元の空港だ。どこで誰が見ているかわからない。男の恋人ができたことをいつまでも隠しておくつもりはないが、もっと付き合いを深めてから公表するつもりだった。

まっすぐ帰りたかったのでタクシーを拾い、エドワードの自宅へ向かう。前回の週末も一緒に過ごし、月曜日の朝に別れたきりだったので、会えなかったあいだのことを話した。電話やメールでだいたいのことは知っていても、千紘のことなら何度でも聞きたい。

自宅に着くと、エドワードは書斎へ向かい、スーツケースの中からまずノートパソコンを取り出した。どうしてそうしようと思ったのかわからない。こうした場合も魔が差したと表現するのだろうか。書斎のデスクの上にノートパソコンを置き、ドアは開けておいた。

「エドワード、食事はどうするんですか？　外へ食べに行きます？　なにか作るのなら、買い物に行かないと、冷蔵庫が空です」

廊下に出たところで千紘に尋ねられ、「どうしようか」と腰に腕を回す。ランチは飛行機に乗る前にすましてきたし、夕食まではまだ少し時間がある。

「まず君を食べたいな」

エドワードは空港からずっと我慢していたキスをした。舌を絡めて、おたがいの口腔をまさぐり合う。千紘の両手がエドワードの背中に回り、しがみついてくるのを心地よく感じた。

そっと唇を離すと、千紘の頬はほんのりとピンク色に染まっていた。躊躇うようにしながらも、エドワードの胸に顔を埋めて甘えてくる。耳もピンク色になっていて、本当に可愛い。

一時の欲望のために行きずりの男と寝ようとしたなんて信じられないくらいに、純真無垢に見える。

「ベッドルームへ行こうか」

耳に囁くと、千紘はかすかに頷いた。ベッドルームに入ってしまうと、エドワードはただの一人の男になってしまう。そして千紘も薄暗さを味方にして慎み深さをなくすのだ。

「あなたの味を忘れてしまいそうです。早く、ください」

熱っぽく訴えられて、エドワードはペニスを剥《む》き出しにした。千紘はそこに顔を埋め、慣れた舌使いで愛撫してくれる。千紘の舌技は素晴らしいの一言だ。男同士だからコツがわかるのか、それとも千紘が特別にうまいのかは不明だが、いつもエドワードは必死で耐えることになる。いつもは清楚《せいそ》な千紘が、さも美味そうにペニスをしゃぶっている光景にも心を持っていかれた。そして耐えきれずに射精すると、千紘は一滴残らず飲んでくれるから、また愛しさが募る。

「チヒロ、ああ、チヒロ……」

抱きしめて、千紘の白い胸についた二つの蕾《つぼみ》を可愛がった。舐めたり吸ったり、指で弄ったりすると、千紘がきれいに悶《もだ》える。後ろの孔に指を挿入し、肉襞を優しく刺激した。そこに触れても千紘が嫌がらないことは、喜ばしい。いつかペニスを挿入させてもらって、二人で快感を分かち合えたらいいと思う。

千紘の芸術品のように繊細なつくりのペニスを緩く扱きながら、エドワードは何度も愛の言葉を囁いた。

五日ぶりのセックスを堪能し、心が満たされたあと、いつものように千紘が先にシャワーを浴びた。入れ替わりにエドワードがバスルームへ行く。体を洗って二十分後に戻ってくると、ベッドルームに千紘はいなかった。キッチンにもいない。エドワードは予感とともに書斎へ足を向けた。

開けたままだった書斎のドアから、ガウン姿の千紘が出てくるところを見た。

「チヒロ、こんなところでなにをしているんだ？」

不意を突いたつもりはなくとも、千紘は驚いて肩を震わせた。エドワードは微笑んで、肩を抱き寄せる。

「さすがに腹が減った。なにか食べよう。冷蔵庫が空でも、缶詰めがあるだろう」

意識して明るい声を出した。千紘は微笑んで、「僕もお腹が空きました」と言った。

「缶詰めパーティーでもしようか」

「そうですね。じゃあエドワードは地下のセラーでワインを選んできてください」

「わかった、任せろ」

千紘がキッチンに入っていくのを見届けてから、エドワードは書斎に行った。ドアを閉めて、デスク上のノートパソコンを開き、電源を入れる。千紘が触ったかどうかはわからない。ただパスワードをかいくぐって立ち上げた形跡はなかった。

エドワードはノートパソコンを閉じ、書斎を出た。地下のワインセラーから気分で一本選び、持っていく。千紘はいくつかの缶詰めを並べて、「どれにします？」と微笑んだ。

「全部開けて、少しずつ食べよう」

エドワードの答えに千紘が目を丸くする。けれどすぐに笑みを浮かべて、「いい案ですね」と賛成してくれた。

その一週間後、エドワードはＮＹにいた。アレックスからメールに添付された千紘の調査報告書が届いた。仕方なく目を通していると、電話がかかってきた。

『兄さん、読んだ？』

「今読んでいるところだ」

『ハラダに両親がいないことは知っていたの？』

「本人から聞いた。伯父夫婦の家に引き取られ、年上の従兄がサンフランシスコにいるということまでは知っている」

『その従兄はバイオベンチャー企業を立ち上げていたわ』

従兄の名は浅野哲也。現在二十八歳。企業の共同経営者兼研究者であるローザ・ジョンソンと同棲している。

『従兄の会社は経営が危うい状態のようね。資金繰りで四苦八苦している状態なのに、ハラダがボストンに来た数日後に、わざわざサンフランシスコから会いに来ているのよ。なぜかしら。ハラダに協力を求めたのではないかと、私は思っているの』

「協力……」

『兄さんに近づいて、従兄に有利な情報を手に入れることよ』

「まさか」

即座に否定してみせたが、エドワードの脳裏には書斎を出入りする千紘の姿が蘇っていた。記憶を探れば、事後にエドワードがシャワーを使っているあいだ、千紘が家の中をうろついていたことが何度かある。あれは、もしかして書斎に入っていたのではないだろうか。

いや、千紘を疑うなんて愚かなことだ。彼はそんなことができる人ではない。貞操観念は緩いかもしれないが、それ以外は本当に真面目で、実直な性格をしているのだ。

それに、打算でエドワードに近づいたとは考えられない。そもそも出会いは仕事上の偶然だし、エドワードが千紘を気に入ってボストン本社に呼んだのだ。恋人になってから、言葉で愛を語ってはくれないが――これはたぶん千紘が日本人だから言葉にする習慣がないのだ――その態度や表情から、慕ってくれているのは伝わってくる。エドワードを騙したり会社に損害を与えたりはしないと、そんなことはできないと、信じている。

しかし、千紘の従兄がバイオベンチャーを起業していたとは知らなかった。千紘は伯父家族にかなりの思い入れがあるようだったから、頼まれたら断れないところがあるのかもしれない。

『兄さんがハラダをとても気に入っていることは、わかっているの。すぐに別れろなんて私が言っても、兄さんがそのとおりにできないことも、わかっている。とりあえず、会うときはホテルをとって、なにも持たずに、カードと携帯電話だけポケットに入れていってちょうだい。私からのお願いよ』

それだけアレックスは言って、通話が切れた。あとは自分でよく考えろ、ということだろう。

携帯電話の中に保存してある写真を見た。本人には内緒で撮影した、寝顔だ。滑らかな肌に黒髪がよく映えている。カーテンの隙間から差しこむ朝日が、千紘を儚《はかな》い存在のように浮かび上がらせていた。神聖不可侵の、女神のようにも見える千紘。思わず黙って写真に撮ってしまった。

次に会うのは三日後の予定だ。どうする。このまま様子を見るか、それとも従兄のことを聞いてみるか。アレックスに疑われていると伝えたほうが、あやしい行動を慎んでくれるかもしれない。いや、千紘が潔白だったら、激怒してエドワードから離れていく可能性もある。

ビジネスのことであれば、エドワードは即決できるほどの判断力があるのだが、プライベートでは思うようにならない。右がいいか左がいいか、それとも上か下か。迷いに迷う。

結局なにも決められないまま、エドワードはその日を終えた。

私用の携帯電話にメールが届くと、千紘は憂鬱な気分になる。メールの中身は見るまでもない。だいたい予想がつく。それでも無視できなくて、千紘は仕事の合間にチェックした。

『早くしろよ、千紘。いつまで待たせるんだ』

哲也からだ。産業スパイをしてくれと頼まれて——半ば脅迫されて——から、もうすぐ一カ月になる。千紘はエドワードと思いがけず親密な関係になれて自宅に出入りさせてもらえるほど信頼されるようになったが、産業スパイとしての成果はまったく上げられずにいた。

エドワードはめったに仕事を持ち帰らないということがわかり、書斎にもめぼしいものはない。たまにノートパソコンを書斎のデスクに置きっぱなしにすることがあっても、パスワードがわからないので開くことはできなかった。

『彼のガードが固くて、素人の自分には無理だ』

そう返信をすれば、『パスワードくらいなんとか聞き出せ。なんのために尻を掘らせているんだ？　バカなのか？』とひどい言葉が返ってくる。初回以降はアナルセックスをしていないことまでは伝えていないので、こういう言い方になるのだろう。

エドワードとセックスする関係になったことは打ち明けている。それはすごい、と初めて哲也に褒められたが、嬉しくなかった。エドワードから情報を盗むためにそうなったわけではなく、彼のことが好きだからだと訴えても哲也は理解してくれなかった。

『男同士に好きだとかないだろ。なに寝惚けたこと言ってんだ？』

鼻で笑われただけだった。こんな男が共同研究者の女性とどうやって愛を育み、一緒に暮らしているのか不思議だ。好きな女性には優しいのだろうか。

『とっとと任務を遂行しろ』

その一言でメールのやり取りは終わった。ため息をつきながら携帯電話をしまう。どうすればいいのか。そもそもエドワードに対する罪悪感があるから、積極的にスパイ行為ができていない。ぐずぐずしているうちに哲也が諦めてくれないかと、どうしても消極的なことばかり考えてしまう。

（今ごろエドワードはＮＹだよね……）

オフィスの窓から空を見上げる。どちらの方角がＮＹだろう。次に会える日をいつも指折り数えているなんて、きっとエドワードは思ってもいないに違いない。千紘はエドワードを好きだけれど、一度も言葉にしたことはなかった。恥ずかしいのが一番だが、裏切っていることが後ろめたいからだ。

哲也の頼みさえなければ、エドワードとの逢瀬に浸れるのに。初めての恋人は、とても愛情深くて、言葉を惜しまない。会うたびに心がこもった愛の言葉を囁いてくれるし、千紘が「してもいい」と許可を出しているのにアナルセックスに挑めない、優しい人だ。

なんの憂いもなく、心から「愛している」と彼に言える日が来ればいい。来てほしい。

（エドワード……）

しかし、千紘の願いはむなしく消えた。翌日、哲也がふたたびボストンにやってきたのだ。仕事中にメールでそれを知った千紘は愕然とした。仕事終わりに、以前にも哲也が泊まっていたホテルに呼び出され、ファイルを手渡される。哲也は一カ月前よりも窶れて見えた。もともと痩《や》せ型ではあったが、頬がこけているし、目つきが剣呑になっている。

「これを参考にしろ」

プリントアウトされたＡ４の紙の束には、ラザフォード家のエドワードに近い親族の名前がずらりと並べられ、生年月日が付け足されていた。エドワードの両親と弟妹の現住所もある。エドワード本人の身長体重、学歴など、簡単なプロフィールもあった。

「なに、これ？」

「そこからパスワードを探し出せ。大企業のトップともなればパスワードを定期的に変更しているだろうが、普通の人間はまったく関係ない数字とアルファベッドの羅列では覚えきれないことが多い。電話番号や家族の生年月日、車のナンバー、ペットの名前、好きな花の名前、そのときハマッている趣味のもの、そうしたワードの組み合わせにするのが一般的だ」

「哲也がこれを調べたのか？」

「俺じゃなきゃ誰がやるんだ」

こんなことをしている暇があるなら——と喉元まで言い返したい言葉がこみ上げてきたが、ぐっと呑みこんだ。

「それと、これ」

小さなプラスチックのケースを投げて寄越され、千紘は慌ててキャッチした。ピルケースだった。白い錠剤がいくつか入っている。

「睡眠導入剤だ」

「えっ？」

「これを細かく砕いて飲み物か食べ物に混ぜてエドワードに飲ませろ。寝入っているあいだにパスワードを探して、あいつのPCを立ち上げるんだ。どれが重要なデータかなんて、おまえにわからないだろうから、とにかく中身を全部コピーしてこい」

USBメモリも渡される。ピルケースとメモリを手に、千紘は青くなった。

「こんな……こんなこと……」

「おまえがさっさとやることやらないからだろう。だから俺が考えてやったんだ」

哲也は古ぼけたベッドに腰掛け、ため息をつくと両手で髪をかき混ぜた。自分の会社がいよいよ危なくなってきたのかもしれない。丸めた背中に心労が滲んでいる。

「哲也、もう無理をせずに会社を畳んだらどうなんだ。スパイ行為をして金を稼いでも、きっと一時しのぎにしかならない」

「うるさいっ、おまえになにがわかる！」

唾《つば》を飛ばして怒鳴る哲也に、かつての神童の面影はなかった。順風満帆《じゅんぷうまんぱん》で大人になった哲也は、初めての挫折に冷静さを失っている。自分を中心に世界は回っていると信じていた哲也にとって、現状は信じがたいものなのだろう。

「俺はこんな初歩の初歩で躓《つまず》く男じゃないんだ。これからどんどん金を稼いで、研究者を山ほど雇って、さまざまな病気をあっという間に治す奇跡の薬を作り出して、人類に貢献するはずなんだ。ノーベル賞だって当然もらえるだろうさ」

「哲也……」

「おまえだって俺を神のように崇《あが》めていたじゃないか。親父だって、俺に期待している。母さんは偉業を成し遂げた男を産んだ、聖母になるんだ」

本気でそんな未来を思い描いているのだろうか。哲也の握りしめられた拳は、血の気を失って白くなっていた。

「千紘、俺のためにデータを盗ってこいよ。やってくれるよな？　おまえが俺の頼みを聞いてくれなかったから会社が潰れたなんて、親父に思われたくないだろ？　実は尻を掘られるのが好きなホモでした、なんて母さんにチクられたくないだろ？　俺の会社の倒産とおまえの性癖の暴露のダブルパンチで、母さんの心臓が壊れたら嫌だろ？」

怒りと悲しみがない交ぜになって、千紘を押しつぶそうとしてくる。もう哲也になにを言っても、響かない。そもそも千紘の言葉など、一度も哲也の心に届いたことはなかっただろう。対等ではなかった。それでも好きだった。

親を亡くし、なにも持たない平凡な自分にとって、哲也は唯一の光だった。伯父に引き取られてから成人するまでの十年間は、たしかに哲也が心の支えだったのだ。

千紘の目から、一筋だけ涙が零れた。

「……わかった。やってみる」

絞り出した声は掠《かす》れていた。

「でも、これが最後だ。哲也のために、僕はもうなにもできそうにない――」

縋るような目を向けてきた哲也が、ただただ、哀れだった。

エドワードが予定どおりにボストンに戻ってきた日、千紘は会社からいったんアパートメントに帰り、ポケットにピルケースとＵＳＢメモリをひそませて会いに行った。哲也が作成したパスワード候補の数字や文言のファイルは、携帯電話で写真を撮った。

「どうぞ」

エドワードが自宅に招き入れてくれて、千紘は中に入る。再会のハグをしてから軽くキスをした。栗色の瞳が包みこむような温かさで千紘を見下ろしてくる。見つめ返していると泣きそうした。

うになるので、さり気なく視線を逸らした。

「頼まれていたパンを買ってきました」

「ああ、ありがとう。あとは肉を焼くだけだから、それを切ってくれないかな」

エドワードに促されてキッチンに行く。彩りがきれいなサラダがガラスのボウルにできあがっていた。スープは具だくさんのコンソメ味。とてもいい匂いがしている。手を洗い、勝手知ったるキッチンなのでパン切りナイフを出し、適当な大きさに切った。そのあいだにエドワードが肉を焼く。

ダイニングテーブルに二人で皿を運び、向かい合ってディナーを楽しんだ。いつもどおりにしようと努めたが、はたしてできていただろうか。

ここに来るのは、おそらく今日が最後になる。スパイ行為が成功してもしなくても、千紘は会社を辞めてエドワードから離れる覚悟を決めていた。

哲也からもらった薬を使うつもりだ。それだけでも大変な裏切りであり、犯罪だった。

最後にもう一度抱かれたかったが、飲み物に薬を混ぜるのなら、都合がいいのは食後のコーヒーだろう。セックスするタイミングはない。

「チヒロ、体調でも悪いのか？　食事があまり進んでいないようだが」

エドワードに指摘されて、千紘は自分の皿の料理がたいして減っていないことに気づいた。

「考え事をしていました。体調は悪くありません。大丈夫です」

「それならいいが……」

気遣わしげな顔をされてしまい、千紘は微笑んでごまかした。結局、少し残してしまい、エドワードを心配させることになった。

「残してしまったお詫びに、僕が食後のコーヒーを淹れます」

いつもは二人で淹れる。千紘の申し出に、エドワードは「じゃあ、頼もうかな」と任せてくれた。書斎でメールのチェックをしているから、とキッチンを出ていった。

千紘は豆をミルで挽《ひ》き、ペーパーフィルターで丁寧に淹れた。二つのマグカップの片方に、砕いた錠剤をひとつ分。スプーンでかき混ぜてから、それを持って書斎に向かった。ドアをノックして入室する。エドワードはデスクに着き、ノートパソコンを広げて操作していた。

「ありがとう」

マグカップを差し出しながら画面をちらりと見ると、たしかにメールを確認しているようだった。このまま閉じずに置いた状態でエドワードが眠ってくれれば、千紘はパスワードを突き止めなくてもデータを盗ることができる。

「僕はリビングにいます」

言い置いてから自分のマグカップを持ってリビングへ行った。広いリビングには、十人は楽に座れそうな総革張りのソファが置かれている。座り心地は、柔らかすぎず固すぎず、千紘の好みだ。そこで静かにコーヒーを飲みながら、時間が過ぎるのを待った。

マグカップ一杯のコーヒーを飲み干してから、千紘は立ち上がった。足音を殺して書斎へ行く。そっとドアを開けると、デスクにエドワードはいなかった。窓際にあるリクライニングチェアに体を長々と伸ばし気味にして座り、目を閉じている。右手が肘掛けからだらりと下がっていて、その下には携帯電話が落ちていた。

デスクを振り返ると、ノートパソコンの横に空になったマグカップがある。コーヒーを飲み干したあとに眠気に襲われ、椅子に座って休んでいたら眠ってしまった——というところだろうか。静かな寝息をたてているエドワードを見下ろし、千紘は「ごめんなさい」と囁いた。

「あなたのそばにいられて、とても幸せでした。ありがとう」

最後の思い出にと、愛する男の唇に自身のそれを重ねる。名残惜《なごり》しくて、いつまでも眺めていたくて、立ち尽くしたまま離れられない。

千紘を我に返らせたのは、ポケットの中の携帯電話だった。ブルッと震えてメールの着信を知らせる。取り出して見てみると、哲也だった。

『うまくいったか？』

今夜決行すると言ってあったので、首尾が知りたいのだろう。『まだ。これから』とだけ返信して、デスクに近づく。開いたままのノートパソコンに触れてみると、暗転していた画面が蘇った。スリープ状態になっていただけだったようだ。

（どうして今日に限って、こんな不用心なこと……）

ため息をつきたくなってしまう。パスワードがわからなかったなら、それですませるつもりだった。哲也には悪いが諦めてもらって、千紘はどんな八つ当たりでも甘んじて受け止めようと思っていたのだ。

千紘は仕方なくデスクに着き、ポケットからUSBメモリを出した。いくつかのファイルが保存されていることはわかるが、哲也が言うとおり、どのデータが重要なのか千紘には判別がつかない。すべてをコピーするしかなかった。

メモリをノートパソコンに差しこみ、コピーの指示を出した。とにかく上から順番に、ひとつずつ移していく。半分ほどがコピーできたときだった。千紘は窓際のリクライニングチェアで眠っているはずの男が、目を開けてこちらを見ていることに気づいた。

サーッと音をたてて血の気が引いていく。エドワードがゆっくりと立ち上がり、確かな足取りで歩み寄ってくる。千紘の横に立ち、ノートパソコンをぱたんと閉じた。そのあいだ、千紘はまったく動けなかった。

エドワードがため息をつく。

「どうしてこんなことを?」

当然の問いだった。千紘は俯いたまま、口を閉じていた。

「誰かに頼まれた?」

「いえ、僕の意志です」

もしもスパイ行為が失敗して捕まり、問い質《ただ》されたら、哲也のことは一切言わないと決めていた。空になったマグカップが目に入る。

「コーヒー、飲まなかったんですね。眠ったふりをしていたんですか」

エドワードの視線がマグカップに流れた。

「なにを入れた？」

「睡眠導入剤です」

「そうか……。君の様子がいつもと違っていたから、なにか仕掛けるかもしれないと思って、用心してコーヒーは飲まなかった。窓から外に捨てたよ。正解だったな」

疑われていたことにショックを受けた。いったいいつから疑われていたのだろうか。愛の言葉は嘘だったのか。優しくしてくれたのも、全部嘘だったとしたら――いや、ここで傷つく権利など、自分にはない。千紘はエドワードを裏切ったのだから。

「チヒロ、このパソコンに会社の重要なデータは一切入っていない。私は自宅に持ち帰らないようにしている。君がしたことは、無意味だ」

ＵＳＢメモリが抜かれて、デスクに置かれた。

「誰に頼まれたのか、言えないか？」

「僕の意志だと言いました」

「では、さっき君は眠ったふりをした私に『ごめんなさい』と囁いてキスをしたのはなぜだ？

罪悪感があったからだろう？　君は望んでこんなことをしたわけではない」

眠っていなかったのなら聞かれて当然だ。感傷に浸ってキスなどしなければよかったと後悔しても遅い。心の中だけで悔い、千紘は黙っていた。言い逃れをしようとしても、きっとエドワードは拙《つたな》い嘘のほころびに気づいて揚げ足を取るように詰問《きつもん》してくるだろう。

「質問を変えよう。君が自主的に産業スパイをしたとしよう。私から情報を盗んでどうするつもりだった？」

「同業他社に売って金にする予定でした」

「具体的にどこだ？」

「答えたくありません」

「答えられない、の間違いじゃないか？　君は情報がどこに持ちこまれるのか知らないんだろう？　チヒロ、見え透いた嘘をつくのはやめなさい。君は頼まれて断りきれずにこんなことをしたんだ」

「違います」

エドワードの確信をこめた言い方に、嫌な予感しかしない。もしかして、哲也の存在を知っているのではないだろうか。

「僕を警察に突き出すなら早くしてください。会社は辞めます。目をかけてもらっていたのに、すみませんでした。もうあなたには会いません」

「チヒロ、待て、早まらないでくれ。私は君の罪を問うつもりはない」

「どうしてですか。スパイ行為自体は未遂で終わりましたが、僕はあなたに一服盛ったんですよ。ずっと、あなたに隙がないか待っていました。パソコンからデータを抜けないか、チャンスを狙っていたんです」

「だから、誰に頼まれたのか、君の口から言ってくれ」

大きな手でぐっと肩を掴まれる。痛いほどだった。栗色の瞳が迫ってくる。

「従兄じゃないのか」

ああ、と千紘は目を閉じた。やはり知っていたのだ。

「サンフランシスコでバイオベンチャー企業を立ち上げた、君の従兄だ。彼に頼まれて、君は仕方なくこんなことをした。そうだろう?」

「エドワード、僕は——」

言い当てられて、それでも違うと主張し続けようとした千紘のポケットで、また携帯電話がぶるぶると震えた。今度はメールの受信ではない。バイブレーションは止まらず、長いあいだ震えている。エドワードが当然気づいて、「電話だろう。出ないのか」と言ってきた。そろりと出してみると、哲也からの電話だった。失敗に終わった、もうサンフランシスコに帰ってくれと言うつもりで応答した。日本語で話せばエドワードにはわからない。

「……もしもし」

『千紘、助けてくれ、千紘っ』

「哲也？　どうした？」

せっぱ詰まったような哲也の声に、千紘は異変を感じ取った。こんな声を聞いたのは、初めてだった。ボストン市内のホテルで待っているはずの哲也に、なにかあったのか。

『ローザ！　待ってくれ、話し合おう、誤解だ！　頼むから、冷静になってくれ！』

「ローザ？」

哲也はローザと一緒にいるのか。哲也を追いかけて、ここまで来たのかもしれない。

「哲也、ローザがそこにいるのか？」

『助けてくれ、ローザがものすごく怒っている。殺されるのか、俺』

「えっ？」

『千紘、助け――わあぁっ』

哲也の叫び声を最後に通話が切れた。いったいなにが起こったのか。携帯電話を手に呆然としていたら、エドワードに腕を引かれた。

「どうした？　断片的にだが、異常事態が起こったことだけは聞こえた。君の従兄か？　テツヤというのは従兄の名前だろう？」

反射的に頷き、千紘はふらりと立ち上がった。携帯電話を握りしめたまま書斎を出る。行かなければ、とにかく哲也のところまで行かなければ、とそれだけしか考えられない。

「待て、チヒロ、どこへ行く」

「哲也を助けないと、殺されるって……！」

「落ち着いて、チヒロ。今からサンフランシスコまで行くつもりか？　とりあえず地元の警察に通報して、それから飛行機の時刻表でまだ今日の便があるかどうか調べないと――」

「ボストンに来ているんです」

「なんだって？」

「哲也は、ボストン市内のホテルにいます」

千紘の言葉に、エドワードが驚愕の表情をした。

◇◇◇

件《くだん》の千紘の従兄、哲也に会えたのは、それから数時間後のことだった。

病室のベッドに横たわる哲也は左腕に点滴の針を刺し、青白い顔で呆然と天井を見ている。

手術を担当した医師の話では、腹の刺し傷はたいして深くはなく、内臓に達していなかったらしい。簡単な縫合だけですんだという。ただ哲也はひどいショックを受けているようなので、面会は短い時間で、と言われた。

「哲也……」

震える声で名前を呼んでいる千紘の後ろで、エドワードはため息を押し殺しながら立っていた。

あのあと――自宅の書斎で千紘を問い詰めていたときに哲也から電話があったあと、動揺している彼を車に乗せて、哲也が宿泊しているというホテルまで移動した。そこにはすでに市警察のパトカーが数台到着して関係者以外は立ち入り禁止になっていた。

エドワードが警官に話を聞くと、建物内で女性が男性を刺すという傷害事件が起こり、従業員が通報したという。加害者の女性はすでに警察に連行されていた。被害者は救急搬送されたらしい。その被害者が哲也だとわかり、千紘が身内だと名乗り出た。

そこで事情を聞かれ、チヒロは少しあやしまれたようだが――一人の女性をめぐる三角関係の縺《もつ》れとか？――その際にエドワードがフルネームを名乗ったこともあり、比較的短時間で解放された。今後、もしまた千紘になにか聞きたいことがあれば弁護士に連絡するようにと、エドワードはラザフォード家の顧問弁護士の名刺を渡してきた。加害女性に弁護士を手配してやるほど、エドワードはお人好しではない。

そしてやっと、病院にやって来ることができたのだ。

「千紘、ローザは……？」

「警察だと思う。詳しいことは、ちょっとわからない」

「そうか」

哲也が視線を動かし、チヒロの肩越しにエドワードを見た。虚《うつ》ろな目だった。

「あんたが、エドワードか……。なるほど、セレブっぽくて強そうだ……。あんた潔癖だろ。正義感が強そうな顔をしている。頼り甲斐《がい》がありそうで、千紘が情を移すのも無理ないか」

わざわざ英語でそう呟き、エドワードに向けて皮肉っぽく唇を歪める。

「哲也、どうしてこんなことになったんだ？　ローザとはうまくいっていなかったのか？」

「うまくいくわけないだろ。経営がヤバかったんだぞ。レンタルオフィスの賃料すら払えなくなって、自分たちの生活だってギリギリだった。毎日毎日、ローザとはケンカしていた。こんなはずじゃなかったって怒鳴られても、俺だってこんなはずじゃなかったよ」

仕事も私生活も躓き、金策に困り、哲也はエドワードと親しくなった千紘に産業スパイを命じたというわけか。

「あいつ、俺が千紘と電話したりメールしたり、会いに行ったりしているのを、浮気だと疑っていたんだ。そんなことしている余裕なんてないって、何度も言ったのに信じなかった。研究者として結果が残せていない自分は、捨てられると思っていたみたいだ。ボストンまで追いかけてきて、ここで密会するのかと泣きながらナイフで刺してきた……。ローザは、すごく頭がよくて、いつも冷静で、俺より年上だから引っ張っていってくれるくらいの強さがあって、そういうところが気に入っていたから――あんなふうに泣くなんて、思わなかった……」

哲也の顔には困惑しかなく、どこか拗《す》ねたような口調でもある。哀れな女性に対しての悔恨や同情はないように見えた。

「もっと金があったら、こんなことにならなかったんだけどさ」

ひどい言い草だ。自分の不甲斐なさのせいで、優秀な研究者を一人、傷つけて犯罪者にしてしまったという自覚がないのだろう。あくまでも、ローザが変わってしまったと思っているのなら、哲也の人間としての成長は見込めない。

「君は従兄のチヒロにスパイ行為を働くように命じただろう。優しいチヒロは断りきれなくて苦しんだ。それに対する謝罪はないのか」

黙っていられなくてエドワードは口を出してしまった。哲也は驚いたような表情をし、俯いた千紘をちらりと見る。

「命じたつもりはない。俺が困っているって相談したら、千紘がその気になった。まあ、ちょっとばかり背中は押したけど、俺は悪くないだろ」

「きさま……っ」

ムカッとしてベッドに近づこうしたエドワードを、千紘が制した。

「チヒロ、止めるな。あいつは――」

「結局は失敗したんだろ？　こうして決行日に二人揃って俺の前にいるってことは。だったら今さら俺を追及する必要はない。あんたは実害がなかったんだから、それでいいだろ。俺は関係ない」

あくまでも他人事で通そうとする卑怯な態度に、エドワードは腸《はらわた》が煮えくりかえりそうになった。ギリッと奥歯を噛みしめて耐える。千紘がなぜか「すみません」とエドワードに謝罪した。怒らせているのは哲也であって千紘ではないのに。

そこで不意に気づいた。千紘は、哲也を愛していたのだ。従兄としてではなく、友人としてでもなく、恋愛対象として愛していた。もしかしたら初めて好きになった人だったのかもしれない。

エドワードは自分に向けられた千紘の想いを疑っていない。だから今でも千紘が哲也だけを愛しているとは思わなかった。確実に千紘はエドワードに惹《ひ》かれている。心を寄せてくれている。

しかし、かつての想いを断ち切ることができずに、ここまで来てしまったのだろう。それゆえに苦しんだ。ローザも可哀想だが、千紘も哲也の被害者なのだ。

翌日の日曜日、病院近くのコーヒーショップの前で千紘と待ち合わせをした。千紘は哲也を見舞うというので、そのあとに会うことにした。エドワードはとてもではないが彼を見舞う気になれず、指定した店に直接行った。

店の中には、すでに千紘がいた。約束した時間のまだ五分前。相変わらず日本人特有のタイムスケジュールで動いているんだなと苦笑いする。千紘はぼんやりとした目で窓の外を眺めていた。

「チヒロ」

エドワードの声に、ハッとしたように振り返る。店内に客は多くなかったが、会話を聞かれたら面倒なので千紘を外に誘った。カウンターでテイクアウトのコーヒーを二つ買い、それを片手に目の前の公園に行く。

人気《ひとけ》のない場所の木陰のベンチを選び、並んで座った。片方のコーヒーを千紘に渡す。

「君の好みにしてある。飲んでくれ」

「ありがとうございます」

千紘はすぐ横に座っているのに、見えない壁があるように思えた。あれほど縮まっていた距離が、またできている。けれどそれは仕方のないことなのだろう。哲也のことで、千紘の心は千々に乱れているはずだ。

エドワードは千紘を諦めていない。手放すつもりはなかった。距離が開いてしまったのなら、たとえ時間がかかっても縮めていきたいという気持ちがある。

「テツヤの様子はどうだった？」

「元気そうでした。今朝から自力でトイレに行き、普通に食事をしているそうです。明日、伯父がこっちに来ることになっているので、退院するそうです」

「そうか」

「驚きました。アメリカって長く入院せずに、すぐ退院するんですね」

「医療費が高いからな。テツヤは保険に入っていたか？　無保険だと大変な金額の請求書が来るぞ」

「それは大丈夫みたいです。一緒に暮らしていたローザがきちんと保険に加入して保険料を支払っていたので」

ローザの名前を出したあと、千紘は暗い表情になった。今ごろ彼女はどうしているのか、と考えているに違いない。ローザのことは彼女の家族が対処するだろう。

傷害事件を起こしてしまったが、ローザはまだ三十代だと聞いた。幸いにも哲也はたいしたケガではなかった。腕のいい弁護士を雇うことができれば、刑務所に入る羽目にはならないですむに違いない。

「あの、エドワード……」

千紘が居住まいを正し、エドワードに体を向けた。

「明日、僕は退職願いを出すつもりです」

「チヒロ？」

「会社を辞めます。もともと哲也の頼み事を引き受けたときに、近いうちに辞めるつもりでした。スパイ行為が成功してもしなくても、あなたを裏切ることに変わりはない。僕のしたことがあなたにバレなくても、僕は罪悪感に押しつぶされて一歩も動けなくなるとわかっていました」

「チヒロ、私は君に辞めてほしいとは思っていないぞ」

　本心なのに、千紘は寂しそうに笑った。

「あなたは優しいから……。僕が路頭に迷うかもしれないと心配してくれているんですよね。僕は日本に帰ります。貯金がありますから、しばらくは生活に困ることはありません。再就職活動に専念します。まだ二十代なので、きっと雇ってくれるところがあるでしょう」

「いや、優しさで言っているのではない。君は優秀だ。経営者としては、一人でも多くの有能な社員が欲しい。君をクラークに仕込ませて、いつかは私の第一秘書にしようと思っていたんだ。それほどの人材を、こんなことくらいで手放すわけがないだろう」

「エドワード、こんなことくらいではありませんよ」

「私に悪いことをしたと言うなら、これからも私とラザフォード・コーポレーションのために働いてほしい」

　エドワードは真剣に訴え、空いている手で千紘の手を握った。

「君はテツヤに頼まれなければ、あんなことはしなかったはずだ。テツヤはたぶん、もう君に頼み事はしてこないだろう。ならば君はただの勤勉で有能な人材だ。私のために働いてほしい。私を支える一人になってほしい」

「エドワード……。僕を有能な人材だと言ってくれるんですか」

「あたりまえだ。だからわざわざボストンに呼び寄せた。クラークを教育係にしたのも、将来有望だからだ。私の期待に応えてほしい」

千紘は逡巡するように何度もまばたきをして、「信用してくれるんですか」とおずおずと聞いてくる。

「もちろんだ。これからも変わらずに私のそばにいてほしい」

プライベートでの付き合いも続けていきたい。できるだけ週末にはボストンに戻ってくるから、千紘と過ごしたい。

「辞めないでくれるか？　日本に帰らず、ここに留まってくれるか？」

「……エドワードが望むなら、このまま働かせてもらいたいです」

「ありがとう！」

コーヒーを持っていることも忘れて千紘を抱きしめたら、紙コップから盛大に零れてしまった。二人して手を濡らしながら、微笑み合う。千紘の作り笑いではない笑顔を見ることができて、エドワードはホッと安堵した。

◇◇◇

ひさしぶりに会った伯父の重之は、記憶していた姿よりも痩せ、ずいぶんと老けていた。

「千紘君、哲也がずいぶんと世話をかけたね」

深々と頭を下げられて、千紘は慌てた。ボストン空港まで迎えに行った千紘は、特に問題なく重之を見つけることができた。

「伯父さん、長時間フライトは大変だったでしょう。どこかで休みますか？」

「いや、まず哲也がいる病院に行きたい」

まだ五十代半ばのはずだが、伯父は今回のことでかなりの心労を募らせたのだろう。こんなに白髪が多かっただろうかと不思議に思うほどに髪が白くなっており、顔には生気がなかった。

伯母の啓子は来ていない。哲也の身に起こったことを千紘が伝えたあと体調を崩し、伯母の姉に看病を頼んで自宅療養させることにしたと、事前に電話で聞いていた。

伯父夫婦は、哲也の会社が潰れそうなことも、ローザとの仲がうまくいっていないことも、知らなかった。まさに寝耳に水で、もともと無理ができない体の伯母は、寝込んでしまったというわけだ。

シャトルバスと地下鉄を乗り継ぎ、病院まで伯父を案内した。

明らかに意気消沈していた伯父だが、ベッドの上で起きて昼食を取っていた哲也の姿を見ると、「この、馬鹿者が」と元気に怒鳴りつけた。憤りが生気を連れてくるのだろうか。

「おまえはもっと賢い男だと思っていた。よそ様の娘さんに、なんてことをさせてしまったんだ！　どうしてさっさと見切りをつけて会社を畳まなかったんだ！」

「まあまあ、伯父さん、ここは病院だから」

千紘は重之を宥めながらホッとした。今にも倒れてしまいそうに見えた伯父が、まだこれだけ怒鳴る力があるなら大丈夫だろう。父親に叱られた哲也は拗ねた子供のように俯いて、ちらちらと千紘に視線を寄越している。助け船を出してほしがっているとわかったが、あえてなにも言わなかった。

いきなりの大声を聞きつけて様子を窺いに来た看護師に事情を話し、千紘はもう一度伯父を宥めてから席を外した。親子二人きりで話し合う時間が必要だと思ったからだ。

病室のドアが見える場所でぼんやりと待つ。

今日は月曜日だが、千紘は出社していない。二週間の休みを取った。昨日のうちに直接の上司であるクラークに連絡を取り、哲也の事件を理由に休暇を申請した。エドワードには先に了承をもらっていたので、申請は難なく通った。研修中なので予定していなかったが、夏休みということになっている。

二週間ものまとまった休みをもらえて、ありがたかった。哲也の帰国準備を手伝わなければならなかったし、なによりも気持ちの整理をする時間が欲しかった。

産業スパイ未遂については、エドワードが表沙汰にしないと決めた。ただしアレックスとクラークには話すと言われている。二人が千紘の退職を要求したなら、応えるつもりだ。エドワードがどれほど千紘を引き留めたとしても、あの二人に反対されたら意見を翻《ひるがえ》すかもしれない。

それならそれで仕方がない。しかし、『君は勤勉で有能な人材だ。私のために働いてほしい。私を支える一人になってほしい』と、熱く説得されたとき、純粋に嬉しかった。

もしアレックスとクラークがエドワードと意見を同じくして、千紘の雇用を継続すると決めてくれたなら、これからは今まで以上に必死に勉強して、真面目に働いて、不法行為を不問にしてくれた恩を返していこう。

期待に応えられるような、一人前の秘書になりたい。会社を支えていける人物になりたい。

彼の恋人でいられたあいだ、とても幸せだった。エドワードには感謝している。千紘は生まれて初めて恋愛を楽しみ、性の快楽と人の温もりを知った。この記憶を大切に、この先の人生を生きていこう。

はっきりとした言葉でエドワードと別れたわけではないが、きっともう彼との個人的な関係は終わっている。薬を使って情報を盗ろうとした人間を、恋人のままでいさせてくれる人なんているはずかない。エドワードが千紘を引き留めたのは、ビジネスマンの視点から利益になると判断したからだろう。彼は優れた経営者だ。千紘は使える人材だと判断した。

今までどおりに働き続けられることをありがたいと思って、恋人だったときのことは忘れなければならない――。

喉元までぐっとなにかがこみ上げてきて目頭が熱くなった。きつく目を閉じて、泣きだしたい衝動を抑えこんだ。初めてのちゃんとした恋だった。それを手放すのは辛い。けれど千紘に嘆き悲しむ権利などない。いい思い出として心の奥にしまい、仕事一筋で生きていくのだ。

「千紘君」

病室から顔を出した伯父に呼ばれて、千紘も中に入った。どんな話し合いがされたのかはわからないが、哲也は少しばかり神妙な表情になっていた。

「明日には退院できるように手続きをしてくるよ。縫った糸は後日日本で抜糸をすればいいようなので、哲也が動けるようならホテルで一泊したあと、サンフランシスコへ移動する。それで、申し訳ないが千紘君に細々としたことを手伝ってもらいたい」

伯父の言葉に、千紘は頷いた。

「最初からそのつもりで休みを取ってあります」

「お願いできるか？　私は簡単な英会話くらいしかできなくて、哲也が住んでいた家を引き払ったり、レンタルオフィスを解約したり、あとローザの弁護士と連絡を取ったりとか、無理だと思うから。それに、哲也にそうしたことを任せたら、またいらぬトラブルを招きそうで……」

父親にそう評された哲也は、千紘の視線を受けて肩を竦めている。自分が交渉事に向かない性格だと、ここにきてやっと自覚したのかもしれない。

「わかっています。大丈夫です」

千紘が微笑むと、伯父は安堵したように頬を緩めた。

◇◇◇

二週間の休みのあと、千紘が会社に戻ってきた。

休みを申請したときに予告していたように、伯父とともにサンフランシスコまで行って哲也の住居やオフィスの事後処理をしたらしい。日本にも一度帰ったようだ。

休み明けの千紘は、何事もなかったかのように――いや、不調だった一時期よりも表情が明るくなり、東京でアテンド役を務めてくれていたころと同じくらいの伸び伸びとした空気をまとっている。

その働きぶりは目を見張るものがあるようで、秘書室までこっそり千紘の様子を見に行ったアレックスが副社長室まで報告に来た。

「何食わぬ顔で出社してきて、ずいぶんと厚顔無恥《こうがんむち》なのねと思っていたら、やけにスムーズに業務をこなしているじゃない。クラークもびっくりするほどよ。いったいどういうこと？」

不審そうに言うアレックスに、エドワードは「推測だが」と断ってから持論を述べた。

「チヒロにはテツヤの命令がひどい重荷になっていたのだろう。彼は善人だから、それがストレスになっていた。業務に支障を来《きた》していたに違いない。すべての憂いがなくなり、本来の力を発揮できるようになったということじゃないか？」

「……そうであったらいいわね。あっさり罪を忘れ去って、たった二週間で生まれ変わったようなつもりでいるのなら、とんでもないもの」

アレックスは千紘を全面的に許したわけではなかった。千紘を解雇せず、恋人関係も解消していないエドワードに、たぶん言いたいことが山ほどあるのだろう。けれど、しばらくは黙って見守っていてほしいと頼んだ兄の気持ちを思いやって、余計なことを口にしないようにしてくれている。

エドワードはころあいを見て、数日後に千紘を食事に誘った。すぐにOKの返事をもらい、ウキウキしながら店を予約した。

浮かれてばかりでは、なにか失敗しそうだ。千紘の前では落ち着いた、思慮深い大人の男でありたい。それを忘れずに振る舞おうと、あらためて自分に言い聞かせる。

千紘はこの二週間で心の整理をつけてきたはずだ。哲也へのさまざまな思いは、すべて日本に置いてきたと思っている。エドワードと別れるつもりでいたのに思いとどまってくれたことに感謝して、またゆっくりと関係を深めていけたらいい。まずは食事をして、たくさん話をして、たくさん見つめ合って、ともに過ごす時間を増やしていけたらと思っている。

終業後、会社の駐車場にやってきた千紘は、たしかにふっきれたような清々《すがすが》しい表情をしていた。「お待たせしました」とエドワードに微笑むと、車の助手席に乗りこむ。そこに遠慮や戸惑いは感じられなかった。

（なかなかいい感じじゃないか）

エドワードは安堵して、運転席に乗る。エンジンをかけたあと、さりげなく千紘の手を握った。千紘はきょとんとした丸い目でエドワードを見る。

「今日はどこの店へ行くんですか？」

そう言いながら、エドワードの手を外した。空いてしまった手は、仕方なくハンドルを握る。

「このあいだも行った、シーフードの店だ」

「楽しみです。前回は食欲がなくて美味しく食べられなかったので」

あのころ、千紘は哲也のことで心労を重ねていたのだと、なんとなく察した。別の店にするべきだったかと内心で焦ったが、チヒロの顔色は特に変わらない。ここで急に行き先を変更したほうが、印象が悪くなるかもと考え、あえて予定どおりにシーフードの店に行く。

店に着き、個室に通されると、千紘はエドワードに深々と頭を下げてきた。日本式の謝罪だろうか。

「このたびはご迷惑をおかけしました。本当に申し訳ありませんでした。今後はラザフォード・コーポレーションの一社員として、真摯《しんし》に仕事に取り組んでいきたいと思っています」

「うん、それはわかっている。チヒロ、顔を上げて」

千紘は澄んだ黒い瞳をまっすぐエドワードに向けてくる。曇りのない、美しい瞳だ。

「謝罪は二週間前に聞いているから、もういいよ。君は充分に反省した。これから私と会社のために働いてくれれば、それでいいから」

「ありがとうございます」

「とりあえず、食事にしよう。腹が空いているんだ」

エドワードがちょっとおどけた口調で言うと、千紘もふっと笑って、「実は私もお腹が空いています」と言ってくれた。その日は、とても楽しい食事会になった。

エドワードは車で千紘をアパートメントまで送っていき、紳士的に別れた。つまり、キスもハグもなしで。

本心では自宅に連れ帰ってもっと親密な時間を持ちたかった。けれど千紘にまったくそうしたそぶりがなく、エドワードも言いだせなかった。結局はアパートメントまで送り、車を降りる千紘を運転席で見送ることになった。

エドワードとしては物足りなかったが、あんなことがあったあとなのだ、チヒロがなかなかそうした気分になれないのは仕方がない。

そもそもチヒロに会う目的は『セックス』だけではない。一緒にいられるだけで楽しいのだから、美味しそうに食べ、楽しそうに話をしてくれるだけで満足しなければ。

きっと時間が解決する。千紘の心が癒やされて、恋人と体を重ねたいと思える日が来るのを、今は待つのだ。

エドワードは反省し、千紘のアパートメントから離れたのだった。


その後もエドワードはボストンに立ち寄るたびに、千紘に声をかけた。

食事の誘いはほとんど受け入れてくれる。美味しいものを食べ、楽しくお喋りして、千紘のアパートメントまで送るのが定番のコースになった。エドワードとしては、どちらかの部屋に行って恋人らしい時間を持ちたかったが、その機会はなかった。

千紘はちらりとも自分の部屋で休んでいくかとエドワードに聞くことはなかったし、エドワードが自宅に誘っても一度も頷かなかったからだ。

その気になれない相手に対して、強引になったり苛立ったりするようでは、紳士とはいえない。エドワードは千紘の気持ちが高まるのを、ただ静かに待つのだった。

ある日、たまには変わったことをしようと、エドワードは千紘に会う前に花屋に寄った。千紘の清楚なイメージで小さなブーケを作ってもらい、車の中でそれを手渡した。

「これを、君に贈るよ」

千紘は不思議そうな顔をしてエドワードをじっと見つめたあと、おずおずと手を出して受け取ってくれた。

「ありがとうございます……」

「チヒロのイメージで作ってもらった」

「そうですか」

　あまり嬉しそうではないように見え、やはり女性とは違って花を贈られてもたいして嬉しくはないのだなと、内心でがっかりした。もちろん顔には出さないように努めた。

　それで次に会ったときには、もっと実用的なものをプレゼントしようと考え、千紘の名前を入れたボールペンを用意した。替え芯もセットになっているものだ。車の中ではなく、レストランのテーブルで渡した。

「これを、私に？」

「そう、ボールペンだ。私も持っているが、このブランドのものは書き心地がよくて、使い勝手がいい。万年筆よりも日常的に使えて、一本持っていると便利だ」

「名前が入っています。わざわざ注文してくれたんですか……。すみません」

「チヒロ、ここはありがとうと言う場面だと思うよ」

「ありがとうございます。大切に使います」

　ブーケよりは嬉しそうにしてもらえたようで、エドワードはホッとした。次はなににしよう、と楽しく悩みながら食事をした。

　エドワードは千紘のためにあれこれと考え、迷い、買い物をするのが仕事の合間の息抜きになった。会うたびにプレゼントを渡すようになり、ネクタイ、ベルトと続く。男性用の香水を贈ったところで千紘にストップをかけられてしまった。

「もうプレゼントはけっこうです。誕生日でもクリスマスでもないのに、理由もなく受け取れません。それに私は香水なんてつけませんから、贈られても困ります」

「そ、そうか、それは……悪かった」

はっきり断られてしまい、エドワードはがっかりする。日ごろ千紘が香水をつけていないことはわかっていたが、どういった香りが彼に似合うだろうかと考えた末に購入したものだ。これを機に身につけるようになってもらったら嬉しいと思った。しかし余計なお世話だったようだ。

「あの……ずっと聞きたいと思っていたんですけど」

千紘は香水が入った小箱を見つめたあと、エドワードに怪訝そうな顔を向けてきた。

「どうして私にいろいろとプレゼントをするようになったんですか?」

こんな初歩的な質問をされるとは予想もしていなかった。まだまだエドワードの真剣な気持ちが伝わっておらず、千紘との距離が縮められていないということだろう。

「理由なんて決まっている。君を喜ばせたいからだ」

「私を……」

「それと同時に、贈ったものを君が使ってくれたら、送り主の私も嬉しい。プレゼントというものは、そういうものだろう？」

「それは、そうですけど――」

千紘が首を傾げて考えこむ。自分はなにか難しいことを言ってしまっただろうかと、エドワードのほうが首を傾げたくなった。もしかして日本には恋人にプレゼントをする習慣がないのだろうか。いや、そんなはずはない。こうした行為は万国共通だろう。なんだか千紘とのあいだには、心の距離以外にも目に見えない壁があるような気がしてきた。

それはもしかして、二週間の休みから戻ってきて以来、恋人らしい濃密な時間が持てていないことと関係があるのかもしれない。千紘がキスすら許してくれていないことを、もっと重視するべきだったとしたら――。

「チヒロ、私たちはもっと会話が必要なのかもしれない」

「会うたびにたくさん話はしていますけど」

「雑談ではなく、心の中をもっとさらけ出すという意味だよ。私は君を――」

大切な愛の言葉を紡ごうとしたとき、エドワードの携帯電話が鳴った。思わず舌打ちしたくなる。どうしてデートの前に電源を切っておかなかったのか。せめて消音にしておけば、邪魔されなかったのに。

無視しようとしたが千紘がとても気にするので、エドワードは仕方なく携帯電話を取り出して、誰がメールではなく電話をかけてきているのか確認した。クラークだった。彼はエドワードが千紘と会っていることを知っているはずだ。それなのに電話をしてきたのは、緊急に伝えたいことがあるのだろう。

「クラークだ。すまない」

千紘が頷いたので、その場で応答した。どうやらドイツで面倒事が起こったらしい。すぐに飛んでほしいという連絡だった。クラークと空港で集合することになり、通話を切って、ため息をつく。

「チヒロ、私は今すぐドイツに行かなくてはならなくなった」

「今すぐですか。大変ですね」

「申し訳ないが、今夜はこれでお開きにしてもいいだろうか」

「もちろんです」

「話の続きは、またにしよう」

二人揃ってレストランを出た。アパートメントまで送っていけないので帰りのタクシー代を渡そうとしたら、あっさり断られた。時間に余裕があったら絶対に自分が送っていくのに。

なにが心配かというと、このまま夜の街に遊びに行かないだろうかということだ。千紘と関係を深めるきっかけになった出来事を、エドワードは忘れられない。あれから千紘は夜遊びには行っていないらしい。さすがに暴力を振るわれたことがこたえたのだろう。ぜひまっすぐ帰宅してほしいものだ。

「いつか君を私の第一秘書にして、一緒に飛べるようになったらいいと思っている」

「そう言ってもらえると励みになります」

本当に嬉しそうに笑うものだから、エドワードはこのままドイツに連れていきたくなってしまう。しかし千紘はまだ研修中の身で、クラークの許可がなければ同行はさせられない。もし同行させるなら、こんな緊急ではなく、クラークが適当な出張を選んで計画的に研修に組みこむだろう。

「お気をつけて」

千紘に見送られ、エドワードは車を空港へ走らせた。

空港でクラークと合流したエドワードは、そのまま機上の人となった。ラザフォード・コーポレーションのEU圏の拠点はドイツで、年に何度も行く。そのため手ぶらでも行けるようにと、会社で住居を借り上げ、スーツなどの衣類は何組か置いてある。ドイツに着くとまずその家に行き、着替えてからドイツ支社に向かった。

クラークとともに製薬工場でのトラブルに全力であたると、ほどなくして問題は解決した。やれやれとドイツ支社に戻り、通常業務に戻る相談をクラークとしたあと、ボストン本社にいるアレックスとウェブカメラで繋がり、そちらの様子を聞いた。急な出張だったときは、こうして顔を見ながら業務の報告をさせることがある。

ボストンでは特に問題ないようだ。アレックスの表情や口調に変わったところもない。

『兄さん、ちょっと待ってて』

カメラをそのままにしてアレックスが席を外した。向こうで誰かに呼ばれたらしい。小さく話し声が聞こえている。アレックスが戻ってくるのを待つあいだ、ふとクラークに聞いてみたくなった。

「クラーク、ビジネスとは無関係なんだが、質問していいか」

「はい、なんでしょう？」

「君は香水をつけているよな？」

「つけていますね。軽く、ですが。まあ、身だしなみのひとつとして」

クラークは四十五歳の知的なジェントルマンだ。ラザフォード・コーポレーションの副社長の第一秘書として、いつも身なりに気を遣っている。紳士の身だしなみとして香水は当然という返答に、エドワードは頷く。

「実はチヒロに香水をプレゼントしたんだが、受け取ってくれなかった。使う習慣がないと言われた」

「ああ、そうでしょうね。ハラダからは一切の香りがしません。東洋人はもともと体臭が薄いので、香水をつける習慣がない人が多いと聞きますよ。それにしても、副社長……ハラダに香水を贈ったんですか。そして断られた」

クラークがクッと声を殺して笑ったので、エドワードはカチンときた。

「断られたのは初めてだ。今までいくつかプレゼントしたが、みんな受け取ってもらえた。チヒロが香水をつけていないことは、もちろん知っていたが、これを機に使ってみてもいいのではないかと提案する気持ちもこめたつもりだったんだ。チヒロに似合う香りはなんだろうと、これでもずいぶんと悩んだんだぞ」

「そうですか」

クラークは口元を緩めたまま手元の書類をまとめている。

「副社長が悩めるほど香水に詳しいとは知りませんでした。私の知るかぎり、十年以上、同じ香水をつけているので。しかもそれはアレックスから贈られたものですよね」

「うるさい。ああそうだよ、私は詳しくない。だから売り場の店員に相談した。チヒロの年齢と人種、イメージを伝えて、どんな香りが似合うか吟味《ぎんみ》した」

「それはそれは……その店員も災難でしたね」

「なにが災難だ。失礼だな。時間はかかったが最後には購入したのだからいいだろう。おまえからもチヒロに言ってみてはどうだ。これから日本以外で仕事をするつもりなら、香水くらいつけていたほうが会う人の印象がいいと思うとかなんとか」

「つまり副社長は、一度は断られた香水を、なんとしてでもハラダに受け取ってほしいんですね？」

「なんとしてでもとは思っていない。できれば、くらいだ」

ニュアンスがだいぶ違う、とエドワードは訂正を求めた。するとボストンと繋がったままのパソコンからアレックスの笑い声が響いてきた。

『兄さん、なに言ってんの？　恥ずかしいわ、それ』

「なにが恥ずかしいんだ、失礼だな、アレックス」

『受け取ってもらえなかったプレゼントに固執していないで、もっとハラダが喜びそうなプレゼントを考えたら？　兄さんは資金力だけはあるんだから、ハラダの好きそうなものをどんどん取り寄せればいいでしょう』

簡単にアレックスは言ってくれるが、千紘は謙虚なのだ。金にものを言わせた高価なものなど、香水よりも拒絶反応を示しそうだ。彼はエドワードの社会的立場や財産が目当てで擦り寄ってきた俗物ではないのだから。

「アレックス、私は同性と付き合うのは初めてなんだ」

『知っているわよ』

「勝手がわからない。もっとチヒロを喜ばせたいんだが、彼はなにも欲しがらないし、わがままも言わない。はっきりいって、物足りない。私はもっともっとなにかをしてあげたいんだ」

千紘がもっとも喜ぶのは、その勤勉ぶりを褒めたり、真面目さを評価したりしたときだ。

プライベートでのツボは、いまいちわからない。哲也の傷害事件以前のほうが、まだ千紘は甘えたり頼ったりしてくれていたように思う。恥ずかしがって言葉ではなかなか愛を表現してくれなかったが、数えきれないほどキスをしたし、挿入行為には至らなくてもベッドで絡まり合って快楽を共有した。

腕に抱き寄せるとしっくりくるサイズ感が、もはや懐かしい。黄色がかった白い肌は滑らかで、撫でると自分の掌《てのひら》までつるつるになるような気がした。ほっそりとした脚を開かせるときの高揚感、恥ずかしそうに頬を赤らめながらも欲望に抗えなくてエドワードの愛撫を求める掠れた声――。

ああ、いつまで我慢しなければならないんだろうか！　紳士でいるにも限界がある！

「副社長、心の声がいささか漏れておりますが」

クラークが注意してくれてハッとした。どうやら脳内限定の呟きのつもりだった煩悩《ぼんのう》が、声に出ていたらしい。ウェブカメラの中のアレックスが、呆れた表情になっていた。

『兄さん、ひとりで悶々《もんもん》としていないで、不満があるなら相手と話し合わなきゃ。すり合わせを怠《おこた》っていると、関係は長続きしないわよ』

「そのくらいわかっている。チヒロとちゃんと話し合おうとしていたところに連絡があって、急遽ドイツまでやって来るハメになったんだ。戻ったらじっくり話をしたい。遠慮と謙遜《けんそん》は日本人の美徳かもしれないが、恋人関係において、それは余計なことだと主張するつもりだ」

『はいはい、頑張ってね。もう切るわよ』

プツッと通信が途絶えて、パソコンの画面は暗くなった。思わず、はぁ…と大きなため息が零れた。

翌日、ドイツ支社でトラブルの残務処理を現地の社員に指示していたとき、エドワードの携帯電話が鳴った。珍しいことに、エミー・ガーネットからだった。

「ハロー、エミー？」

『エド？　よかったわ、繋がって』

ひさしぶりに聞く声だった。エミーは弟のアーサーの秘書で、現在は夏のバカンス休暇中のはず。アーサーも同じタイミングでバカンス休暇を取り、北欧の別荘へ遊びに行っている。その別荘はラザフォード家所有のものなので、使用するときは家族に連絡する約束になっており、アーサーは詳しい日程を知らせてきていた。

エミーはもう何年もアーサーの専属秘書を務めている、やり手のゴージャスな美女だ。美しいがゆえに数々の職場でセクハラやパワハラの被害に遭い、うんざりしていたところでアーサーと出会った。アーサーはゲイなので、女性に興味がない。美醜をからかいのネタにする趣味もない。性的な誘いを受ける要素が皆無なだけでなく、不愉快で下品な言葉をかけられる確率が限りなくゼロに近い就労環境は素晴らしい、とエミーは専属秘書になった——という経緯を、以前聞いた。

ビジネスマンとして有能ではあっても自己中心的な性格をして自由奔放なアーサーを、エミーはうまく操縦してくれている。ラザフォード家の面々からの信頼は篤い。

その関係で、緊急時のためにとおたがいの連絡先を交換していた。しかしめったに連絡を取り合うことはない。なにかあったのだろうか。

『アーサーに非常事態です』

エミーは挨拶等の前置きを省いて、重要な報告をしてきた。さすがだ。

『どうやらフィンランドで交通事故に遭ったようです』

「なんだって？」

『私のところにトキから連絡がありました』

トキというのはアーサーの恋人だ。昨年、アーサーが日本支社に赴任したときに知り合い、恋に落ちた。恋多き男だったアーサーが、初めて両親に紹介した本気の恋人に、エドワードも興味を持っていた。夏のバカンスに連れていくと聞いていたので、二人は一緒にいたはずだ。

その時広《ときひろ》から連絡があったということは、事故に遭ったのはアーサーだけなのか。

『道路を横断中に車と接触したそうです。アーサーは軽傷で命に別状はなく、トキは離れたところにいたので事故に巻きこまれてはいません』

「そうか、たいしたことがなくてよかった」

『トキは現地の事情に疎いうえに、本当の意味でアーサーの身内ではありません。さぞ心細い思いをしているでしょう。エド、もし時間に余裕があるなら、フィンランドに向かってもらえませんか?』

「わかった。スケジュールを調整して、なんとか休みを取ってみる。エミー、バカンス中にもかかわらず、わざわざ連絡をしてくれてありがとう。君は今どこにいるんだい?」

『モルディブです』

「それは素晴らしい。バカンスを心ゆくまで楽しんでくれ」

通話を終えてすぐ、エドワードは世界中に散らばっているラザフォード家の家族全員に、アーサーの事故を知らせた。両親は日本へ遊びに行っており、上の妹は夫と子供たちを連れてノルウェーにある母の別荘に避暑に行っている。アレックスはボストン本社にいた。距離的に一番近い場所にいるのは上の妹だが、バカンスを中断して夫と子供を連れて(あるいは別荘に夫と子供を置いて)フィンランドに向かうのは現実的ではない。エドワードが駆けつけるのが一番手っ取り早そうだとわかった。

クラークを呼んでスケジュールの調整を頼んだ。エドワードとしては、とりあえずフィンランドに飛び、アーサーの様子を見に行きたい。ドイツからフィンランドまではたいした距離ではないので、飛行機で三~四時間というところだろうか。ただ、アーサーが入院している病院はヘルシンキから遠い。移動は電車か車だ。ベルリン近郊の国際空港からフィンランド行きの最終便に今から乗るとして、ヘルシンキで一拍して病院に着くのは明日の昼ごろだろうか。

当座の着替えだけを小さなスーツケースに入れ、エドワードはクラークの運転で空港に向かった。

「それでは、お気をつけて」

「あとは頼んだ」

クラークに見送られて搭乗口へ行く。携帯電話を機内モードにしようとして、千紘に事情を伝えておいたほうがいいかもしれないと思いついた。アーサーの体調しだいでは、しばらくフィンランドに滞在することになるかもしれない。エドワードがなかなかボストンに戻ってこないと、千紘が心配するだろう。

弟のアーサーがフィンランドでバカンス中に交通事故に遭ったことをメールに書いた。帰国がいつになるかはっきりしないので、千紘と話す機会が近いうちに持てそうになく、謝罪した。エドワードはできれば一日も早く千紘と腹を割って話をしたい。話し合いは絶対に必要だ。今後のためにも。

千紘からの返信はすぐに届いた。時差を計算すると、ドイツが夜七時ならボストンは六時間差の昼くらいだ。携帯電話のメールを確認できる時間帯だったようだ。

『弟さんが交通事故ですか？　それは心配ですね。私のことは気にしないでください。ボストンで待っています』

優しさを感じつつも、どこか他人事のような雰囲気もある文章だ。本当に「気にしないで」

と思っているのかもしれない。話し合いを切望しているのは、エドワードだけのようだ。こういうところにもズレがあるように思う。

今は仕方ない。とにかく話し合いは帰国してからだ。エドワードは自分にそう言い聞かせて、弟の元へと飛び立った。

◇◇◇

(ドイツ、ベルリン……)

ランチタイムの社内カフェで、千紘は手元の携帯電話に視線を落としていた。ラザフォード・コーポレーションのドイツ支社がどこにあるのか知らなかったので検索し、地図で眺める。急な出張でエドワードがドイツに発ってから数日たっていた。その後、弟のアーサーが北欧で交通事故に遭ったらしく、そちらに行くことになったと昼ごろに連絡があった。帰国はいつになるかまだわからないという。

千紘はフィンランドの地図も検索して見てみた。北欧に別荘があるなんて、やはりセレブなんだなと感心する。

欧州にはまだ行ったことがない。秘書として行けるようになるには、たぶん言語の習得が必須となるだろう。今のところ千紘の研修内容は、あくまでもデスクワーク中心の業務で、英語以外の語学についてはクラークになにも言われていない。きっと、まずは英語ですべての業務をこなせるようになってほしい、という方針なのだろう。どれもが中途半端になってしまってはいけない。

エドワードは事故に遭った弟が心配だろうに、千紘と話し合えないことをとても残念がっていた。なにを話し合いたいのだろうか。プレゼントを受け取らなかったことだろうか。そもそも、なぜエドワードは頻繁にプレゼントを贈ってくれるのだろうか。

ボールペンやネクタイはまだ実用的なのでわかるが、香水は贈られても困る。千紘は香水をつける習慣がないし、第一、素肌につけるものを贈られると、まるで親密な関係のように思えてしまう。

今朝、隣のブースにいる男性社員に、ちらっと質問してみた。香水をつけているかどうか知りたくて。すると、つけていると答えられた。ほのかにいい香りがしていたのは、彼の香水だったようだ。日本では香水をつけている男性は少数派なのだが、諸外国がその限りではないことくらいは知っている。エドワードはよかれと思って贈ってくれたのだろう。

（受け取っておいたほうがよかったのかな……）

休暇明けから、エドワードはなぜか会うたびにプレゼントを渡してくる。それが不可解で、苛立ちも感じていた。付き合っていた期間にもらっていたら、きっと嬉しかっただろう。けれど今はそうではない。勘違いしそうになる。

エドワードは千紘を心配してくれているだけだ。哲也のことがあり、二週間の休みを取った。ショックを受けた千紘が精神的に落ち着いたかどうか確かめたくて、エドワードは食事に誘うのだと解釈している。彼は評判どおり、社員一人ひとりに気を配ることができる、優れた経営者だ。でもあまり優しくしないでほしい。優秀な人材だからと引き留められて、エドワードの下で働く日を夢見ることができるだけで幸運だと思っている。それなのに、もっと欲しくなる。欲張りになってしまいそうで、自分が怖かった。

だからつい突っぱねてしまった。エドワードが要求している「話し合い」が、プレゼントを受け取らなかったことについてだとしたら、謝罪するしかない。まず謝罪して、今後は一切贈り物をしないでほしいと、頼んでみよう。

ふう、とため息をついた千紘の肩を、誰かがポンと軽く叩いた。

「ハイ、ハラダ」

紅茶色のショートヘアが似合うすらりとした女性が、千紘の隣に立った。アレックスだった。千紘がしたことをアレックスは知っている。エドワードが話したと聞いた。解雇せず刑事責任にも問わないとエドワードが決定したことについて、反対したらしい。千紘としては、引き続きこの会社で働くことを決意したからには、真面目に仕事をして態度で改心したことを示していくしかないと思っている。

事件後になかなか会う機会はなかったが、こうして気安く声をかけてくれたということは、アレックスは千紘の働きを認めて、信用し始めてくれたのだろうか。だとしたら嬉しい。

「隣に座ってもいい？」

「どうぞ」

「ありがと」

テーブルに置いたトレイの上には、大きなハンバーガーが二つものっている。分厚いパティが二枚とチーズも挟まっていて、ひとつだけでもかなりの重量だろう。フライドポテトは皿に溢《あふ》れるほど盛られているし、特大紙コップの中は、どうやらコーラだ。アレックスはエドワードに似て大柄ではあるが、それにしてはすごい量だ。千紘ならこの半分も食べられない。

「もう食事は終わったの？」

聞かれて「はい」と答えた千紘は、今日はチキンのフォーを食べた。このカフェはアジア系のメニューが美味しい。千紘の胃にちょうどいい量というのもある。

「もしかして、それだけ？」

「そうですけど……」

千紘の前には空になった丼がひとつ。たしかにアレックスからしたら、「それだけ？」と言いたくなる量だろう。

「兄さんに聞いていたけど、本当に小食なのね」

「小食……かもしれません。日本にいるときはそう思ったことはないんですが、こちらに来てから、飲食店の一人前の量が多いなと驚きましたから」

アメリカはなにもかもがビッグサイズだ。聞いてはいたが目のあたりにすると驚く。アレックスは朗らかに笑った。その笑顔に屈託はない。千紘がしようとしていたことをエドワードから知らされて憤慨していたらしいのに、もうわだかまりはないのだろうか。

「だからハラダは細いのよ。まだ二十代でしょう？　もっと食べて逞しくならないと。ああでも、あまり逞しいハラダっていうのも、想像できないかな。今のこのスタイルを兄さんは好きなんだから、変わられても困るかもね」

パチンと鮮やかなウインクをしてから、アレックスはハンバーガーを食べ始めた。美味しそうにもりもりと食べていくアレックスを、千紘はあっけにとられて眺める。

「ああそうだ、ハラダは兄さんが今どこにいるのか聞いているのよね？」

「はい、知っています。ご本人から連絡が来ました。弟さんの容態は大丈夫なんですか？　軽傷だと聞きましたけど」

「うん、それは本当に軽傷だったみたい。さすがアーサー、運がいいわ」

にやりと笑うアレックスからは、次兄に対するリスペクトはあまり感じない。長兄であるエドワードのことは、かなり特別視しているようなのに。

他企業で働いているアーサーは年が近いこともあって友達感覚なのかもしれない。

「その後のことは、なにか聞いている？」

「いえ、詳しいことは聞いていません」

「ケガはたいしたことがなくて、それはよかったんだけど、どうもアーサーは放っておけない状態みたい。頭を打ったらしく、記憶障害の症状があるって」

「記憶障害？　それは……大変じゃないですか」

「この一年間くらいの記憶がないらしいの」

「一年？　微妙ですね……」

「日常生活に支障はないレベルだから、大変なのは本人よね。あと、休暇を一緒に過ごしていた恋人。せっかくのバカンスが台無しになっちゃって、元気がなくなっているってエドワードが心配していたわ。だから帰国は未定。二人きりにしておけないみたい。世話焼き体質の長男って感じよね」

　アレックスは喋りながらもハンバーガーをたいらげ、コーラを氷ごと口に流しこむ。ガリガリと音を立てて氷を噛み、横にいる千紘を見た。

「兄さん、私に連絡してくるたびにチヒロはどうした、チヒロは元気か、チヒロは今日どんな仕事をしたのか、ってうるさいの。そんなこと本人に聞けばいいのに。ねえ？」

「ああ、はい、そうですね……」

「あなたから兄さんに電話してもいいのよ。してないでしょう？」

「してないですね。時差がありますし、忙しいでしょうから、いつ電話していいものかわかりません。そもそも電話してなにを話すんですか。業務連絡ならクラークさんがしていますよね」

当然のように千紘がそう答えると、アレックスが盛大にため息をつく。

「チヒロ、もうちょっと甘い雰囲気を出してあげてもいいんじゃない？　兄さんに対して冷たいように見えるわ」

「冷たい、ですか？」

「兄さんもたぶんそう思っている。だからチヒロのことが気にかかるのよ。チヒロがちゃんと自分の方を向いてくれているのか、不安なんだわ。私、まだ完全にはあなたを許していないけど、兄さんの気持ちは尊重したい。私に遠慮しているってことはないわよね？」

なんのことかわからず、曖昧な笑顔を浮かべた。

「プレゼントの香水を受け取らなかったんですって？　かなり落ちこんでいたわよ」

「それは……すみません」

「いくら香水を使う習慣がないからって、拒むのはどうかと思うの。とりあえず受け取っておいて、兄さんに会うときに一回か二回使ってみて、気に入らなかったらクローゼットの中にしまいこんでおけばいいのよ。恋人からのプレゼントがすべて気に入るわけがないんだから、多少の違和感があってもにっこり笑って『ありがとう』って、言っておけばいいの。そういうものでしょ？」

そうなのか、と頷きかけて、千紘は「え？」と顔を上げた。

今アレックスはなんと言った？　恋人からのプレゼント？　恋人？　誰が？

もしかして、エドワードのことか？

千紘は唖然と口を開け、アレックスをまじまじと見つめてしまった。

「あの……彼から聞いていないんですか？」

「なにを？」

「私たちは、とうに別れています」

「えっ？」

「今は、ただの雇用主と社員ですよ」

アレックスがぽかんと口を開けて千紘を見た。聞いていなかったようだ。とても驚いている。

日々の細々としたことまで妹に話しているらしいエドワードが、なぜこんなに重要な案件を黙っていたのか、首を傾げたくなる。単に言いにくかったのかもしれない。

「だから私は、プレゼントはもういらないと断ったんです」

「嘘……だって、兄さんは……」

言葉を続けようとして、アレックスは口を閉じた。眉間に皺が寄っている。

「私の態度が冷たいと感じたのは、当然かもしれません。だってもう恋人ではないんですから、ある程度の距離感を保ちながら接するように努めています」

「本当に？　それ本気で言っているの？」

アレックスに聞かれて、千紘ははっきりと頷いた。

「本当です」

「私があなたのことをまだ全面的に許していないから、付き合っていることを隠しておきたくて、そう言っているわけじゃなく？」

「違います」

アレックスはなにかを考えこむ顔つきになった。

「いつ別れたの？」

「私の悪事が発覚した直後です」

「……ずいぶん前ね」

一カ月近く前のことになる。千紘はアレックスに、会社を辞めて日本に帰るつもりのところをエドワードに引き留められた経緯を話した。

「そのあたりのことは聞いているわ。ちょっと待って」

アレックスはまたコーラをごくごくと飲み、氷を噛み砕きながら明後日の方向に視線を飛ばす。そろそろランチタイムが終わるからか、社内カフェは閑散としてきた。千紘もオフィスに戻りたいが、アレックスの話がまだ終わらないなら放置していくわけにはいかない。

午後イチで片付けなければならない仕事の段取りを、千紘はなんとなく考えた。

「私が思うに」

おもむろにアレックスが話しだした。

「兄さんはあなたと別れたつもりはないわ」

「えっ」

思ってもいなかったことを言われて、千紘は絶句した。

「だから、たびたびプレゼントを渡していたのよ。私にハラダのことを話すとき、いつも甘ったるい顔をしていたし……。あれは絶対に、ただの一社員への態度ではなかった。あなたは兄さんの態度が、別れたにしてはおかしいと思わなかったの？　ただの社員と、そんなに頻繁にふたりきりで食事に行くなんて変だと、感じなかった？」

たしかに、エドワードの態度が不可解だと思ったことは何度もあった。けれど単に心配してくれているだけだと思っていた。まさか、別れたつもりはなかったなんて――。

「そもそもハラダはどうして別れたと思ったの？　もう恋人関係は解消だと、どちらかがはっきり言葉にした？」

問われて、千紘は事件の翌日、病院近くの公園でエドワードと話したことをできるだけ詳しく思い出した。

たしか、退職を口にした千紘を、エドワードが「一人でも多くの有能な社員が欲しい」と引き留めてくれたのだ。そのあと、「私のために働いてほしい」「私の期待に応えてほしい」と真剣な顔で言ってくれた。そして、「これからも変わらずに私のそばにいてほしい」とエドワードは訴えてきた。

そばにいてほしい――。もしかしてあれは、これからも恋人としての付き合いを続けていきたいという意味だったのだろうか。

たしかにどちらも「別れる」とはっきり言葉にしていない。けれどてっきり、千紘は社員として引き留められただけだと思っていた。だからその後、食事に誘われてもプレゼントを贈られても、馴れ馴れしくしてはいけない、きちんと線引きしなければならないと気を張っていた。

千紘はエドワードを裏切った。その罪は重い。有能な人材だから会社に必要だと引き留められただけでも幸運だと思っていた。エドワードとの幸せな日々は、大切な思い出として胸にとどめ、それを糧に生きていくつもりだった。

エドワードは千紘と別れたとは思っていない？　もう終わったと受け止めたのは、千紘だけだった？　一方的な解釈だったということ？

じわじわと体が熱くなってきて、千紘は狼狽《うろた》えた。食事のあと、毎回エドワードはどちらかの部屋に行きたい、もっと二人きりの時間を持ちたいというそぶりを見せていた。つまりあれは、千紘と夜を過ごしたいという意味だったのだろうか。

何度も裸で抱き合った夜のことが一気に蘇ってきて、千紘は顔を赤くした。エドワードの逞しい腕、分厚い胸板に抱きしめられる息苦しさが、リアルに思い出されてくる。情熱的なキスも。

いつ終わりになるかわからない関係だからと、千紘はそのたびに羞恥を捨ててエドワードに縋りついた。頭を空っぽにして、刹那的《せつなてき》な快楽に没頭した。初めての快感に酔い、エドワードの性技に翻弄《ほんろう》されながら、思いを募らせた。幸せだった。

自業自得とはいえ、その幸せをなくしたときは辛かった。実は、たった二週間で心の整理なんかできなかった。今でも引《ひ》き摺《ず》っている。

それらがすべて、エドワードと意思疎通ができていなかったゆえの、千紘の思いこみと勝手な解釈の上にあったとしたら——。

「……私と、エドワードは、まだ別れていない……？」

呆然とした呟きに、アレックスが苦笑いした。

「少なくとも、そう思っているのはあなただけね」

「でも……」

なにか言おうとして、千紘はなにも言えない。でもこんなことあるはずがない、でもこんなことおかしい、でも——すべて千紘の思いこみから発生した反論だ。そこにエドワードの気持ちはない。

「ハラダ、兄さんはあなたにもっと甘えてほしいって言っていたわよ」

アレックスが大切な秘密を暴露するように、こっそりと耳打ちしてきた。

「まさか、ハラダがもう別れたつもりでいるなんて思っていないから、兄さん、悩んでいた」

「エドワードが……」

嬉しい、と素直に思う。胸がドキドキしてきた。

それと同時に申し訳なくなってくる。あのとき、千紘は別れて会社を辞めることばかり考えていたのに、エドワードはこれからどう関係を続けていくかを考えてくれていたのだ。そして二週間後に休暇から戻ってきた千紘を、まず食事に誘ってくれ、そして花をプレゼントしてくれた。

なんて愛情深い人だろう。優しくて、心が柔軟で、思えば彼はいつも紳士だった。

激情にかられてたった一度だけ暴走したけれど、あれは千紘が悪い。馬鹿なことをしたから。すぐにでもエドワードに会いたくなった。彼の顔が見たい。声が聞きたい。とにかく話をしたい。たくさん、思っていること、感じたことを、二人で向かい合って、話したかった。

（そうか……）

急な出張から戻ったら話をしたいと言っていたエドワードは、もしかして千紘と認識の違いが生まれていることに気づいたのかもしれない。

居ても立っても居られなくなった千紘は、いきなり立ち上がった。椅子を蹴飛ばす勢いだったにもかかわらず、アレックスは驚いた様子はない。ただ微笑んでいた。

「私は、エドワードに会わなくてはいけません」

「そうね。あなたたちは会話が足らないみたい。でも兄さんは今フィンランドよ？　どうするの？」

「……どうしましょう……」

優秀な人材と言ってもらえた千紘だが、いざ自分のこととなると、まずどうしたらいいか思い浮かばない。エドワードに会いたい気持ちが膨らみすぎて、胸が痛いくらいだ。

アレックスはゆっくりと立ち上がると、自分のトレイと千紘のそれを重ね、まとめて片付けてくれた。「ありがとうございます」と礼を言いながらも、エドワードに連絡を取ったほうがいいか携帯電話を取り出して悩む。

「ハラダ、私からクラークに頼んであげるわ」

「なにを、ですか？」

「研修期間中の課題として、副社長をフィンランドまで迎えに行くっていう項目をあたらしく作ったらどうか、って」

パチン、ときれいなウインクをしたアレックスを、千紘は唖然と見つめたのだった。

◇◇◇

フィンランドの湖水地方にあるラザフォード家のコテージは、今恋人たちの城と化している。エドワードは隣の隣の部屋から漏れ聞こえてくる音声に眠りを妨げられ、仕方なく起きていることにした。

部屋の照明をつけ、現在時刻を確認してみる。午前三時だ。弟カップルは情熱的な愛の交歓を終わらせる気配はなく、エドワードはその体力と精力に称賛よりも呆れを感じ始めていた。

弟のアーサーは交通事故の影響で一年分の記憶を失っていたのだが、それを取り戻した。喜びのあまり恋人とセックスに耽《ふけ》るのは、まあ理解できる。アーサーの恋人、日本人の時広はずいぶんと心労を重ねていたし、記憶を失っているあいだの自分の言動を知ったアーサーはひどくショックを受けていた。二人は元に戻った状態を、心から歓喜しているのだろう。

もう少し静かにしてほしい、とドアをノックして注意するのは簡単だ。けれどひさしぶりに抱き合っている恋人たちの邪魔をしたくなかった。

エドワードは読みかけの本を手に取り、読書でもしようかと思った。しかし色気のある喘ぎ声がどうしても耳につき、本に集中できそうにない。むしろ酒が欲しくなってきた。

エドワードはパジャマの上にカーディガンを羽織り、素足に室内履《ば》きという格好で部屋から出た。廊下の方が声が響いている。時広は日本人の中でも華奢な体格の持ち主だ。アーサーの気がすむまで好き勝手させたら、壊れてしまうのではないかと心配になる。

(そんなこと、きっと余計なお世話なんだろうな)

賢いアーサーが恋人の体を気遣えないとは思えないので、黙っておくことにする。

エドワードは一階に下り、薪ストーブの中を覗きこんだ。この地方は真夏でも朝晩は冷える。ストーブは必須だ。薪ストーブは天板に鍋をのせれば煮炊きにも使えるので、北欧のコテージにはだいたい置いてある。

ストーブの本体はまだ温かく、昨夜、就寝前にくべた薪がまだ燃え残ってくすぶっていた。そこに木屑を入れて炎の勢いを強くし、あたらしい薪をくべる。蓋をして、エドワードはキッチンへ行った。ウイスキーのボトルとグラスを手に、薪ストーブの前に戻る。一人掛けのソファを少しだけ移動させ、ストーブの熱がよく当たる場所に座った。

二階からはいまだに、恋人たちの営みにまつわる音声が聞こえている。隣の隣の部屋にいたときよりはマシだが。

(不思議なものだな……)

エドワードはグラスを傾けてちびちびとウイスキーを飲みながら、アーサーの変わりようについて考える。時広とは付き合い始めてもうすぐ一年になるらしい。たぶんアーサーにとって最長記録だろう。

(あの子がアーサーの本気を引き出して、これほどまでに執着させることに成功したなんて)

申し訳ないが、時広は地味な容姿の持ち主だ。高校の英語教師だったという経歴からか、英語は堪能だが、それ以外に特徴はないように思う。ごく普通の男だ。彼のどこがアーサーをあれほど真剣にさせたのだろうか。エドワードにはわからない時広の美点を、アーサーはきっと知っているのだ。そしてそこを愛しているのだろう。

アーサーに生涯をともにしたいほどのパートナーができたと知ったのは、去年の十月だったか。日本支社での任期が終了したら、どこの支社に転勤しようとも連れていきたいと聞いて驚いた。両親にも会わせたいとアーサーが考えていることに、さらに驚いた。あれほど花から花へと甘い蜜だけを吸って楽しんでいたアーサーが、真実の愛を手に入れたのだ。

仕事中心でここ数年、浮いた話がまったくなかったエドワードに、アレックスが「次は兄さんの番ね」と言ったのも軽いショックだった。そう言うおまえはどうなんだ、と妹に言い返したくなったが、大人げないかなと思いとどまった。

アーサーは宣言どおり、今年の五月に恋人を伴ってNY支社に戻った。入れ替わりのようにエドワードが一ツ木薬品の本社に行き、千紘と出会ったわけだ。

千紘の心がいまいち掴めなくて、エドワードの悩みになっている。

アーサーが羨《うらや》ましかった。時広と深いところで結ばれているように見える。事故後、記憶障害を負ったアーサーを、時広は献身的に支えていた。ときには辛そうな表情を浮かべていたが、その芯は揺るがず、健気だった。

時広を強くしているのは、アーサーとの愛と信頼だろう。たとえ記憶障害ゆえにアーサーが別人のようになったとしても、時広はそれまで二人で歩んできた日々を心の糧にして、ひたすら愛を信じて、前を向いていた。時広をそうしたのはアーサーなのだ。アーサーがまっすぐ、真摯に愛情を注いだ日々があったからこそ、時広はなにがあっても挫《くじ》けない、疑わない恋人になったに違いない。

千紘がエドワードにキスすら許してくれなくなったのは、きっと愛情と信頼感が足らないからだろう。プレゼントはあまり効果がなかった。能力を評価する言葉が一番千紘に響いているようなので、それは惜しみなく口にするようにしている。

なにかが足らないのだ。

どうすれば彼の全幅の信頼が得られるのか。抱きしめることを許してくれるのか。

少ない恋愛経験の中からヒントを探り出そうと、あれこれ考えていると、階段を下りてくる足音が聞こえた。この音はアーサーだ。いつのまにか、二階の物音は途絶え、静かになっている。水でも取りに来たのだろうか。

一階が無人だと思いこんで裸のまま現れたら嫌だなと思っていたら、きちんと服を着た弟が姿を見せた。パジャマではなく昨夜と同じシャツとズボンにガウンを羽織っている。アーサーは薪ストーブの前で酒を飲んでいるエドワードを見つけると、眉をひそめた。

「やあ、おはよう」

時刻は午前五時半。いつ二階が静かになったか正確な時間はわからないが、弟が二時間程度しか睡眠を取っていないのは確かだ。

「朝っぱらから飲んでいるのか？」

咎める口調に、苦笑いが零れる。

「飲まずにはいられなかったものでね。隣の隣の部屋で、とあるカップルがそれはそれは熱烈に愛の交歓に励んでいたものだから」

「悪かった」

アーサーはまったく悪いと思っていない顔で肩を竦め、キッチンからペットボトルの水を二本取ってきた。一本は時広のためだろう。アーサーが恋人を激しく求めるだけでなく、ささやかな気遣いを見せるのが、エドワードは兄として嬉しかった。

しかし、黙っていられなくてエドワードはつい「トキは大丈夫なのか」と口を出してしまった。余計なお世話だとわかっていても、なにか言わずにはいられないのは長男として生まれ育ったせいかもしれない。

アーサーは「本当に嫌がることはしていない」とはっきり答えて、兄の口出しを拒んだ。あたりまえだ。

経験豊富な弟は、きっと時広の心を我がものにするのに苦労はなかっただろう。どんなに激しいセックスをしても超えてはならない一線を見極めていて、決して時広を不快にはさせない。その自信に溢れた顔を見ていると、秘訣があるなら教えてほしいと思ってしまう。

今までアーサーと恋愛について話したことはない。男同士とはいえ恋愛は男女と同じだろうとは思ったが、やはり遠慮があった。けれど今回は、エドワードの相手も男だ。アーサーに教えを請《こ》いたいとカミングアウトしてもいいのではないだろうか。

「なにか言いたいことがあるなら言ってくれ」

よほどエドワードが物言いたげな顔をしていたのか、アーサーのほうから話を振ってきた。兄の矜持《きょうじ》が恋愛指南を求める心にストップをかける。核心を突く質問ができないでいるエドワードに、アーサーはさらに「なにかあったのか？」と尋ねてくれた。

そんなふうに心配そうに聞かれてしまっては、踏ん張ろうとしていた心がぐらりと揺れる。

「……なにもないのは、どういうことだろう」

ぽろりと悩み事が零れ落ちた。「え？」とアーサーが首を傾げるものだから、さらに重ねて吐き出した。

「なにもないんだ」

エドワードは千紘ともっとコミュニケーションを取りたい。こちらから誘うばかりではなく、向こうからも誘ってほしいし、甘えてほしいし、わがままを言ってもらいたい。キスだってしたいし、ハグもしたい、セックスもしたい。けれど千紘がしたくないなら無理に求めることはしたくない。ただ抱き合って眠るだけでもいい。千紘の顔をもっと見つめていたい。できたら笑顔を見せてほしい。

それだけ。それだけだ。いや、それだけと言いつつ、これは贅沢《ぜいたく》だろうか。自分のほうこそわがままだろうか。

アーサーはエドワードにそういう相手がいたことに驚いたようだった。からかうことなく真面目な口調で、アドバイスをくれた。

「時間を作って会ったほうがいい。愛しているなら、真摯に愛を乞《こ》うんだ。下手な駆け引きはせず、男らしく正面から」

愛を乞う。駆け引き不要。正面から——。ストレートな助言に目が覚めるようだった。

自分は千紘に愛を乞うたことがあるだろうか。最初に大変な失敗をしでかしたせいで、千紘の顔色を窺う癖がついていたような気がする。それが優しさだと思っていたが、それは愛を乞うていたわけではない。プレゼントも必要なかったのかもしれない。経営者として有能な社員を引き留めるなどという、ある意味格好をつけている場合ではなかったのだ。

ただ、あなたが欲しい。あなたを愛したい、愛させてほしいと、正面から千紘に愛の言葉を捧げるべきだった。なりふりかまわず。

エドワードは剥き出しの心を見せなければならない。傷つくことを恐れていては、きっと千紘との関係は深まっていかない。

すぐにでも帰国したくなった。千紘に会いたい。ドイツから戻ったら話し合いたいと言ってあった。なんとしてでも時間を作って、千紘と本音で話をしたい。腫れ物に触るように、哲也のことは極力思い出させないように避けていたが、この際だからいろいろと聞いてみたいことがある。エドワードは千紘からなにを聞いても、揺るがない自信があった。

彼のすべてを受け止めて、受け入れたい。そして愛したい。

目の前が明るくなったような気がして、エドワードはごく自然に笑みを浮かべていた。

「アーサー、私は少し寝てくる。帰るのは午後にする」

今日中にコテージを出ていったんドイツに寄ってから帰国することは決めてあって、昨夜は最後の晩餐とばかりに時広を交えて三人で食事会をしたのだ。

「わかった。おやすみ」

ウイスキーの瓶とグラスを片付け、アーサーに手を振ってエドワードは二階に上がった。急に眠気を感じ、酔いもあいまってベッドに身を横たえる。千紘のことを夢に見られたらいいと思いながら、目を閉じた。


睡眠を取って頭をすっきりさせたエドワードは、コテージの管理人であるラウリの運転で最寄りの鉄道の駅まで送ってもらい、ヘルシンキまで戻った。すでに時刻は夕方になっており、ここで一泊したあと明日ドイツに移動するつもりだ。クラークがまだドイツ支社にいるはずなので、合流して報告を聞いたあと、二人でアメリカに帰る予定だった。

ヘルシンキのホテルはクラークに頼んでとってもらってあった。便利な場所にある星がついた歴史あるホテルだ。そこに行き、カウンターでチェックインの手続きをしていると、背後から声をかけられた。

「エドワード」

最初、幻聴かと思った。会いたくてたまらない人の声にそっくりだったからだ。不思議に思いながら振り返り、唖然とする。そこに千紘が立っていた。

白いTシャツと青いウインドブレーカー、下はジーンズという旅行者のようなラフな服装で、片手に小さなボストンバッグを提《さ》げている。エドワードを見上げてくる目は、縋りつくような色を帯びていて、口元はぎゅっと結ばれていた。

「チ、チヒロ？　なぜここに？」

「クラークさんに聞きました。突然、来てしまってすみません」

「いや、いいんだ。それはべつにいいんだが」

なにをしにフィンランドまで？　仕事は？　長期休暇は哲也の事件のあとに取ったので、もう今年は申請しないと聞いていたような――。

「あの、話をしたくて。あなたと」

「私と話？」

あと二、三日で帰国する予定だということを、クラークは千紘に伝えなかったのだろうか。エドワードは帰国したらすぐにでも千紘に連絡を取るつもりだった。そして会える日までに頭の中で諸々のことを整理しようと思っていた。いきなりの千紘の登場に、動揺が隠せない。心の準備がまだできていないのだ。

「迷惑でしたか」

しゅんと俯いてしまった千紘に、エドワードは慌てた。ホテルマンたちの冷たい視線がぐさぐさと突き刺さってくる。二人のやり取りはどう見ても知己《ちき》だ。そして千紘は危険人物には見えない。私服姿の千紘は無害な学生のようだった。エドワードが千紘に対してなにかやらかしたとしか思えない構図なのかもしれない。

「チヒロ、とりあえず部屋に行こうか。そこで話を聞こう」

ちょうどいい、自分も話がしたかったのだ、とエドワードは気持ちを落ち着けて、頭を切り替えた。その場でコーヒーのルームサービスを頼み、千紘をエレベーターへと促す。ホテルの上階に用意されていた部屋はスイートで、ドアから入ってすぐのリビングからはベッドルームのベッドが見えない。その点に、エドワードはホッとした。

千紘は部屋をぐるりと見回し、ウインドブレーカーを脱いだ。半袖のTシャツから伸びた細い腕に視線が吸い寄せられてしまう。オフィスでは千紘はいつも長袖のワイシャツを着てネクタイを締めていた。仕事終わりに食事に行っても、服装は変わらない。腕を見たのはどれだけぶりだろうか。哲也の事件が起こる前が最後だ。

ソファに座るよう勧めたところで、ルームサービスのコーヒーが届いた。リビングのテーブルに運んでもらい、ふたたび二人きりになってから斜めの位置に置かれたソファに座った。

なにから話せばいいのか、迷った末に「フィンランドは初めてか？」と尋ねていた。もっと気の利いたことを言いたいのに、どうやらエドワードの脳は緊張して機能を停止しかけているようだ。

「初めてです」

千紘が頷き、窓の外を見た。十階なのでソファに座った状態だと空しか見えない。

「その、クラークに私の居場所を聞いたようだが、私のほうにはそうした連絡が来ていない。だから驚いてしまった。君が来たことを迷惑だなんて思っていないから、その点では誤解しないでほしい」

「僕はてっきりクラークさんからエドワードに連絡が行っていると思っていたので、さっきはこちらこそすみません」

座ったまま千紘がぺこりと頭を下げる。話があってわざわざここまで来たのなら千紘から切り出すのを待つべきかと、エドワードは黙った。スイートルームに沈黙が落ちる。喉が渇《かわ》いてきたので、エドワードはコーヒーを飲んだ。

千紘も両手でコーヒーカップを持ち、静かに飲んでいる。緊張感が伝わってきて、いったいどんな内容の話なのかと気になった。もしかして悪い話だろうか。エドワードが帰国するまで待てないような、急を要する話だろうか。それはいったいなんだ。

エドワードも千紘に話がある。こちらが先に話したほうがいいのなら、ぜひ言わせてもらいたい。アーサーの助言『愛しているなら、真摯に愛を乞う。下手な駆け引きはせず、男らしく正面から』を胸の中で繰り返す。

「チヒロ」

「エドワード」

思い切って口を開いたら、千紘もほぼ同時に顔を上げて呼びかけてきた。ハッと目を合わせて、二人であわあわとする。掌を千紘に向けて「どうぞ」と譲った。

「あの、弟さんの容態はどうなんですか？」

本当にアーサーのことを聞きたかったのだろうか。もっと別のことを聞きたかったのではないか、と疑問に思いながら「大丈夫、ほぼ完治した」と答える。千紘はぎこちなく微笑んで、「よかったですね」と言った。

エドワードはひとつ息をつき、気を取り直した。冷静さを失いすぎている。ホテルのフロントで千紘の顔を見たときから動揺が続いている。ラザフォード家の長男がこんなことでは、みっともない。

居住まいを正してから、まっすぐに千紘を見つめた。

「チヒロ、わざわざここまで来たのは、私に話があるからと言っていたが、それについて教えてくれないだろうか」

「はい……」

こくんと頷き、千紘が目元をほんのりとピンク色に染めた。心なしか頬も色づいたように見える。思わず目を奪われた。

「あの、僕とあなたは、まだ付き合っている状態なんでしょうか」

「ん？」

質問の意味がわからなくて、エドワードは身を乗り出した。なにがどんな状態だと？

「すまない、もう一度言ってくれないか」

「僕とエドワードは」

「うん」

「まだ付き合っている感じですか？」

二人は見つめ合ったまま、しばし静止した。千紘が何度かまばたきをして、黒いまつげがきれいだなとか、黒い瞳に自分の顔が映っているなとか、この場面にはぜんぜん関係ないことをエドワードはぼんやりと思った。そして冷めかけたコーヒーをぐびっと飲んだ。舌に苦みだけが残り、不快だった。なので窓の外に視線を飛ばした。遠くを鳥が飛んでいくのが見えた。どんな鳥なのか、遠目すぎて種類はわからない。鳩《はと》かな、鳶《とんび》かな、それとも鷗《かもめ》かな。いや、ヘルシンキに鷗はいただろうか。

——たぶんこれは現実逃避というものだろう。

エドワードは現実に立ち返らなければならない。逃避していたい、と体が訴えているのか、頭が窓の方向を愛しすぎて動かない。ぐぎぎぎ、と軋んだ音がしそうな首をなんとか動かし、千紘に向き合った。澄んだ瞳をまっすぐに向けてきている千紘は、真剣だ。冗談だとか、ちょっと驚かしてやろうとか、そういう意図はまるで感じられない。

つまり、本気で言ったのだ。

エドワードは背中に嫌な汗をかいた。両手で頭を抱え、大声で叫びたくなる。雄叫《おたけ》びを上げて、部屋中を駆け回りたくなった。だがここで取り乱して千紘に幻滅されたくない。

「チヒロ」

よかった、普通の声が出た。上擦りそうで怖かった。

「もしかして君は、私たちがもう別れたと思っていたのかな？」

語尾が震えそうになった。そうであってほしくない、という恐れと悲しみとで。

しかし千紘は無情にも、「はい」と頷いた。少しは躊躇ってから返事をしてほしかった。

「どうしてだ。あのとき私は君に、『これからも変わらずに私のそばにいてほしい』とはっきり伝えたはずだ」

「それが恋人関係についてだとは、思わなかったんです。僕をクラークさんに仕込ませて秘書にしたいと言いましたよね。秘書になって、あなたの仕事を支えてほしいという意味だと

……」

エドワードはがくりと肩を落とした。たしかに言われてみればそう解釈しても仕方がない言い方だったかもしれない。

「その……哲也の事件のあと、僕が会社を辞めて、あなたとも別れて、日本に帰るつもりだと話したとき、あなたは僕を引き留めてくれました。有能な人材だから失いたくないって。そう言ってもらえて、すごく嬉しかった。もう一度、エドワードと会社のために頑張ろうって、心に決めました」

そうだ、あのとき、エドワードはそう言って千紘を引き留めた。

「でも僕は、てっきり社員としての僕が必要だと言われたんだと思って、その、恋人としての僕はもう必要ないんだな……と解釈しました」

どうしてそう解釈したのか。どうして——と嘆いても仕方がない。そう考えてしまうのが千紘なのだ。

「二週間の休暇のあと、エドワードは何度も食事に誘ってくれましたが、親密な……その……恋人らしい囁きめいたことは一切ありませんでしたし……」

「気を遣っていたんだ。君はテツヤとのあれこれで傷つき、疲弊していた。だから愛を囁くのは、少し時間を置いてからにしようと思っていた。その代わりにと、プレゼントをいろいろと用意したんだ」

「そうだったんですか」

ぜんぜん気持ちが伝わっていなかったらしい。

「言ってもよかったのか？　愛していると、君のすべてが欲しい、従兄とはいえ私以外の男のことばかり考えるなと、私だけを見て愛してくれと、言ってもよかったのか」

ついにエドワードは紳士の仮面を剥ぎ取って、みっともない内心を吐露《とろ》してしまっていた。

「私は君を愛している。未遂ではあったが裏切り行為を咎める気にもならないくらい、溺れている。アレックスにはさんざん詰《なじ》られた。クラークにも甘すぎると苦言を呈された。でも私の気持ちは変わらない。君はとても後悔していたし、テツヤがいなければおそらく二度とあんなことはしないと信じている。だからアレックスとクラークには、これからのチヒロを見ていてくれと頼んだ。絶対に、我々の期待に応えてくれるから、と」

いつのまにか、エドワードはソファから滑り落ちるようにして毛足の長いカーペットに膝《ひざ》をついていた。千紘の前ににじり寄り、その白くて細い手を両手で握りしめる。体毛などまったくない、つるつるの手。指一本一本を撫でたくなるような、芸術品のごとき手だ。

「チヒロ、私の愛のすべて」

白い手の甲にキスをした。

「私は君にそばにいてほしいし、君の声を聞いていたいし、君に触れていたい。私の中では、君と別れるという選択肢は存在しない。ああ、だから、私はあのとき、あらためて君に愛の言葉を捧げなかったのかもしれない。私にとっては、君を愛することは当然すぎて、明言しなくても特に問題がなかったのだ」

アーサーの助言のもとに用意していた言葉は、頭の中で整理される前にどこかへ飛んでいってしまった。今口から零れ出ているのは、ほとばしる感情そのものだ。これがはたして正解なのかどうかわからない。けれど今のエドワードには、これしかなかった。

「ドイツから戻ったら話したいと言っていたのは、君とどこか認識のずれが生じているような気がしていたからだ。このことだったんだな。君とのあいだに見えない壁があるように感じたのは、間違いではなかった。君は私ともう別れたと思っていたから。だから――」

ああ、と悲嘆に暮れた声を、手の中にくるんだ千紘の手に向ける。

別れたと思っていたのに、千紘は平然とした顔でエドワードの誘いを受け、二人きりで食事をしていたことになる。あまり愛されていないのかもしれないと、思わないでもなかったが、これはあまりにもショックだった。

「君は、別れた相手に――いや、別れたつもりでいた相手に食事を誘われて、どうして断らなかったんだ？」

「あんなことがあって僕の様子に気を配ってくれているのだと思っていました。その、雇用主として、社員の面倒を見るという感じで」

「チヒロ、ラザフォード・コーポレーションにどれだけの数の従業員がいると思っているんだ？　日本のヒトツギ薬品から呼んだ社員だけでも十人いる。その一人ひとりに、君にしたの

と同じように声をかけたりプレゼントを渡したりするわけがないだろう。私にとって特別だったから、君をそうしていたんだ」

「……そうかもしれない、と思ったこともありましたけど、自惚《うぬぼ》れてはいけないと自制していました。僕はあなたを裏切った犯罪者ですから、優しくされていい気になっていてはダメだと、自分に言い聞かせて……」

千紘の生真面目で融通が利かない性格がいかんなく発揮されて、こういう状態になったわけだ。厳密にいえば千紘は犯罪者ではない。けれど千紘がそう考えるのも無理はない。

はっきりと言葉で愛を伝え、今後の関係について確認しなかったエドワードが悪いのだ。

「私が悪かった。君がそういう性格だと知っていたのに、ニュアンスと行動で伝わるだろうとたかをくくっていた」

「違います。僕に勇気がなかったんです。まだ僕のことを特別扱いしてくれているのかもしれないと思いながらも、はっきりさせるのが怖かったんです。食事に誘ってもらえるだけでも嬉しくて、雇用主と社員というビジネス上の関係だけでも続けていけるなら、幸せだと思っていました」

暗黒に覆われようとしていたエドワードの心に、一筋の光が差した。そこに飛びついた。

「つまり、君は私と二人で食事に行くことが喜びだったのか？」

「当然です」

「つまり、私のことを、その、特別な存在だと思ってくれているのか？」

「特別です。当然じゃないですか。だから――」

千紘がエドワードの手をぎゅっと握り返してくれた。決意を秘めた黒い瞳が、エドワードのハートを射貫く力強さで見つめてくる。頬が上気し、清楚な美しさを放った。

「だから、僕はここまで来ました」

「チヒロ……」

「アレックスさんと少し話す機会があって、聞いたんです。エドワードがまだ僕のことを恋人だと思っているって。驚きました。最初は信じられないと思って否定したんですけど、何度も食事に誘ってくれることとか、プレゼントを贈られたこととか、いろいろと考えていたら、もしかしてアレックスさんの言葉は本当なんじゃないかって……。帰国するまで待てなくて、一日でも早くエドワードに確かめたくて、クラークさんに事情を話して居場所を聞き出して、急いでここまで来ました」

黒い瞳がみるみる潤んできて、薄い唇が震える。

「あなたのことが、好きです。愛しています」

絞り出すような声だった。エドワードも知らずに涙ぐんでしまいそうなほどに心を揺さぶる、愛の告白だった。

「まだ間に合いますか。まだ僕に愛想を尽かしていませんか。僕はずっとそっけない態度を取っていましたよね。ごめんなさい」

「間に合うかなんて、そんな、さっき私は君に愛していると言ったばかりじゃないか」

「あ、そうでした。とてもありがたいです。ありがとうございます」

千紘は頬を赤く染めて、なんとエドワードに深く頭を下げてきた。なんなんだ、この異世界の住人感は。予想外の反応すぎてエドワードは動揺した。

「えー……と、では、私たちは別れておらず、恋人だということで、いいんだな?」

「はい、お願いします」

千紘が目を合わせて照れくさそうに微笑んでくれた。安堵のあまり脱力し、エドワードはカーペットに座りこむ。けれど握った手は離さない。千紘がエドワードに引っ張られるかたちでソファから滑り降りて、すぐ横にちょこんと座った。

千紘の黒い瞳がキラキラと輝いていた。期待感いっぱいのまなざしに、エドワードも微笑む。そっと顔を寄せて、千紘が目を閉じたと同時にくちづけた。優しい、触れるだけのキス。それなのに天にも昇るほどの幸福感に包まれた。

「……嬉しいです……」

千紘がぽつりと小声でそう言い、思い切ったようにキスしてきた。お返しをもらってエドワードも嬉しい。握っていた手を解き、千紘の腰を抱き寄せた。自分の膝の上に引き上げて、片手を後頭部に添え、もう一度キスをする。今度は深いものを。

コーヒーの味がする舌を吸い、おのれのものと絡め、触れることのなかった日々を埋めるかのように貪った。唇を離したときは、二人とも息が乱れていた。鼻先を触れ合わせながら見つめ合い、また引き寄せられるようにしてくちづける。

飽きることなく、延々と唇でおたがいを確かめ合った。もっと深いところで確かめたい。想いはひとつだと示したい。エドワードは千紘のTシャツの裾から手を入れ、滑らかな素肌を掌で味わった。

「あ……」

脇腹を撫で上げただけで千紘が掠れた声を出す。エドワードの官能を揺さぶる声だった。

このまま抱き上げてベッドルームまで運んでしまおうかと逡巡したとき、千紘が「あの」とエドワードの手を押さえた。まだおあずけだろうか。せっかくここまで追いかけてきてくれたが、千紘は急にはその気にはなれないか、とがっかりしそうになったとき――。

「シャワーを使っていいですか。何時間も飛行機に乗っていたので……」

恥ずかしそうに千紘が言ってきた。汗をかいていると主張する千紘だが、いったいこの体のどこが汗臭いというのだろうか。ぜんぜん匂わない。むしろ残念だ。千紘の体臭なら肺いっぱいに吸いこんで、全身まみれたいほどなのに。

「汗くらい、私は大歓迎だが？」

正直にそう言ってみたが、千紘はシャワーを使いたいと譲らない。日本人はきれい好きとして有名だ。哲也の事件の前、何度かセックスしたときも、千紘は必ずシャワーを浴びていた。逸《はや》る気持ちを抑えて、エドワードは千紘を解放した。

もそもそとエドワードの膝から降りる千紘の股間が膨らんでいる。キスだけで高ぶってくれた事実にたまらなくなって、エドワードはふたたびその細い腰を引き寄せた。

「あ、待って、エドワード」

抵抗と呼べるほどの抵抗ではない。千紘はエドワードが望むように両脚を開かされて腰を跨《また》がる格好にされても、顔を赤くするだけだ。本気で嫌がっているわけではないと、どれだけ鈍い男でもわかる。もしかしてこれが、数々の男を渡り歩いてきたらしい千紘の手管なのかもしれない。エドワードの目には、羞恥心が強い初心《うぶ》なそぶりにしか見えないが。

「ああ、チヒロ」

またくちづけた。腕に囲った千紘はすぐにくたりと力を抜いて、エドワードに体を預けてくる。Tシャツの裾から手を入れて、さっきの続きとばかりに肌を下からまさぐった。

「あっ、んっ」

胸の尖《とが》りを見つけて弄ると、千紘が甘い声を上げる。可愛い。もっと声を聞きたくて、千紘をカーペットに押し倒した。ソファとローテーブルのあいだの狭い場所で、エドワードは千紘を半裸状態にしてしまう。Tシャツをめくり上げて鎖骨まで露わにし、ズボンのボタンを外して下着もろとも足の付け根まで引き下ろして股間を剥き出しにした。すでに勃《た》ち上がっていた千紘のペニスは、熟れた茱萸《ぐみ》の実のように先端を真っ赤に充血させて震えている。ここも可愛い。

ひさしぶりに見ることができた千紘の性器に、エドワードは興奮を抑えられない。自身のペニスも服の下で一気に力を漲らせたことがわかった。

「待って、エドワード、本当に、待って、シャワー……」

「あとで一緒に浴びよう。君はどこもかしこもきれいで、汚いところなどない。君の全身にくちづけたい」

「でも、何時間も飛行機に乗っていて」

「このままでいいから。もう私は待てない」

「きれいにしてから、触ってほしい」

「私を焦らしているのか？　もう充分私は待った。頼むから、チヒロ……」

まだ待たされるのかと思うと頭がおかしくなりそうだ。欲しくて欲しくてたまらない。乳首に吸いついて一心にしゃぶっていたら、千紘が喘ぎ声の合間に驚くべき発言をした。

「エドワード、聞いてください。今日は、最後まで抱いてほしいんです」

「え？」

乳首から顔を上げたエドワードに、千紘が潤んだ瞳で訴えてくる。

「抱いてください。あなたと体を繋げたい……」

「本当に？　いいのか？」

こくん、と千紘が頷く。恥ずかしそうに視線を泳がせる千紘に、目が釘付《くぎづ》けになる。やはり経験豊富には見えない。惚れた欲目だろうか。エドワードはもういい年だ。処女信仰など持っていない。千紘とは何度も触れ合った。最初は無理やりだったが挿入行為もした。

それなのに、千紘がまるで初めてのセックスに怯《おび》えと羞恥を抱いている少年に見える。

「その覚悟で来ましたから」

「嬉しい。嬉しいよ、チヒロ」

感激したエドワードは千紘の顔にキスの雨を降らした。

「だから、シャワーを使わせてください。準備を、しないと……」

「ああ、なるほど。それでさっきから――」

エドワードは納得して体を起こした。そういう理由があるのなら、待つのは仕方ない。千紘の手を引いてカーペットの上に座らせる。

「慣れていないので準備に時間がかかるかもしれませんけど、すみません」

「……慣れていない……というのは、今まであまり事前に準備をしてこなかったということか？　それはあまり体によくないのでは？」

千紘と付き合うにあたって、エドワードはインターネットを利用し、アナルセックスについて少しばかり勉強した。肛門と直腸は、もともと挿入行為に使う器官ではないので、事前に洗浄したり慣らしたりといった準備が必要だとあった。ただ慣れれば快感を得ることができるとも。

不特定多数と性交していたのに準備せずに挑むのは自傷行為にも似たものがあるのでは、とエドワードはにわかに千紘の精神状態が心配になってきた。

「チヒロは準備する行為が嫌いなのか」

「好きか嫌いかは、わかりません。やってみたことがないので。でも必要ならしなければならないのだろうと思います。ただ、上手にできるかどうか不安があります。待たせても怒らないでいてくれますか」

「やってみたことがない？　準備をするのが初めてということか？」

「はい。でも大丈夫です。やり方は調べてきました。頑張ります」

千紘は挑戦者の顔つきで右手を拳にしている。エドワードは「ちょっと待て」と、その拳を下ろさせた。

「アナルセックスをするときに体の準備をするのは常識らしいが、今までしなかったのか。しないと体に負担がかかるだろう？　体調が悪くなったり、その、ケガをしたり」

「あ……」

千紘はハッとしてなにか思いついたような顔になり、もじもじと両手を膝の上で組み合わせる。

「あの、実は」

「なに？」

「僕はエドワードとそういう関係になるまで、まったく経験がありませんでした」

「……なにがなかったって？」

意味がよくわからない。もっとはっきり、ボカさずに話してほしい。

「その……僕はこの年まで、セックスの経験がなかったんです」

「なんの冗談だ？」

いきなりなにを言いだすのかと、エドワードは唖然とした。

「本当です。信じてもらえないかもしれませんけど、僕はエドワードとしたセックスが初体験でした」

あの日——千紘が会社を休んだ日、心配でエドワードはアパートメントまで見舞いに行った。体調が悪いと聞いていたから心配して差し入れを持っていったが、千紘の左顔面が腫れていた。明らかに誰かに殴られた痕で、それが行きずりの男だと知って愕然とした。千紘は一時の快楽のために初対面の男とセックスできる人間なんだとショックを受けた。あのときの衝撃は、今でも覚えている。エドワードは激高し、千紘を無理やり——。

「初めて？　あのときが？」

嘘だ。そんなこと。嘘だと言ってくれ。

「初めてでした」

今になって嘘をつくメリットなどない。千紘が本当のことを言っていると理解したエドワードは、思わず天を仰いだ。神に縋りつきたくなる。愕然として、すぐに猛烈な後悔が襲ってきた。時間が戻せるのなら――と詮《せん》ないことを考えてしまう。

「どうしてそう言ってくれなかったんだ。君はまるで慣れているような口ぶりで……。てっきり慣れていると思って、私は乱暴なことをしてしまった」

「いいんです。あれは自業自得でしたから。それに、僕はあのときもうエドワードのことを好きになっていました。好きな人に抱いてもらえて、嬉しかったんです」

あれが、千紘の初めてのセックスだったなんて、とエドワードは頭を抱えた。

「では、君を殴ったのは本当は誰なんだ。行きずりの相手だと言っていたが」

「それについては嘘を言っていません」

「嘘じゃない？」

「この年まで経験がないことを、僕はあなたに知られたくなかった。慣れたふりをしたほうが、エドワードが気軽に付き合ってくれるかも、と浅はかなことを考えました。それで、相手は誰でもいいから一度くらい経験しておこうと思って、ゲイスポットと呼ばれる界隈《かいわい》へ出かけたんです。でも、いざとなったら怖気《おじけ》づいて抵抗してしまい、相手に殴られたわけです」

「君は……」

たしかに浅はかだ。よくぞ片頬を殴られただけで、無事に帰ってこられたものだ。気が抜けて、ため息をつきながらソファにもたれ掛かったエドワードを、千紘が気遣わしげに見ている。

「あの、もうその気がなくなりましたか」

「は？」

ここまできてそれを言うか、とエドワードがいささか苛つきつつ千紘の視線をたどると、自分の股間が静かになっていた。その気がまったくなくなったわけではなく、衝撃の事実を知らされて、いったん冷静になっただけだ。さっきの勢いで千紘に挑んでいたら、また強引に最後までしていたかもしれない。

「……君はどうなんだ。その気はまだあるのかな？」

千紘の股間も鎮まっている。しばらく逡巡するような間があり、千紘は慎重に答えた。

「僕は、覚悟を決めてここまで来ました。できれば今夜、エドワードにしてもらいたいです。そうでないと、いけないような気がします。あなたと、本当の恋人になりたいんです」

「体を繋げなくとも、愛情があれば本当の恋人だと思うが」

「そうかも、しれませんけど……。僕が、したいんです。あなたを体の奥で感じたい。あなたとひとつになりたい」

「チヒロ……」

「もう、あなたを萎えさせてしまうような話はしませんから、僕にチャンスをください。その気になるまで、僕がなんとか——」

千紘が決然とした表情でエドワードの股間に手を伸ばしてくる。勃起させようという意気込みを感じて、こんなときなのに笑ってしまいそうになった。千紘は本当に可愛い。

「シャワーを使いたいという希望は、もういいのか？」

「あっ、そうでした。しばらく待っていてもらえますか」

「待てないな」

「えっ……」

千紘が哀しそうな顔になり、しゅんと肩を落とす。エドワードは千紘の手を取り、引っ張りながら立ち上がった。腰に腕を回し、見上げてくる顔を見つめる。その頬にキスをして、微笑みかけた。

「待てないから、私も一緒にシャワーを浴びるよ」

「一緒に？　でも、そうすると——」

「準備を手伝わせてくれ」

「えっ、えっ？」

「君が初心者なら、私も初心者だ。二人でひとつずつ問題をクリアして行こう」

「えっ、嫌です。ひとりでやります」

「上手にできるか不安なんだろう？　だから私も協力するよ」

「こんな協力はいりません」

「大丈夫、私も少しだけだがネットで勉強した。君の体を大切にしたいんだ。君を愛しているからね」

「でも、あの、どうしよう……」

おろおろしている千紘を、エドワードはかなり強引にバスルームに連れこんだのだった。

◇◇◇

温いシャワーの下で千紘はエドワードに抱きしめられた。

「ほら、こうしていれば恥ずかしくないだろう？　くっついていればおたがいが見えない」

そんなことを言いながら、エドワードが片手で海綿を取り、そこにボディソープを垂らす。泡立てたそれを千紘の背中に滑らせた。気持ちいいが、落ち着かない。エドワードとふたりでバスルームに入ったのは初めてで、こんなに明るい場所で裸になったこともなかった。

泡がどんどん体に広げられ、くすぐったくて変な声が出てしまいそうになる。

「背中を向けて」

言われてそのとおりにする前に、エドワードの手でくるりと向きを変えられた。背中から覆い被さるようにして、エドワードが千紘の胸から腹にかけて泡を塗り広げてくる。乳首を掠めるようにされて、びくっと震えてしまった。脇腹や首も撫でるように洗われる。

まるで愛撫されているようで、いったんは萎えていた千紘の性器が、ゆっくりと勃ち上がってきていた。出しっぱなしのシャワーのせいで、バスルームには湯気がたちこめている。頭がぼうっとして現実感がなくなってきた。このままエドワードに身を委ねてしまいそうで、自分が怖い。こんなところでセックスが始まったら、恥ずかしすぎる。

「エドワード、もういいです。自分で洗います」

「私にさせてくれ。ほら、泡を流すぞ」

身を硬くして立っているとエドワードがシャワーヘッドを持って流してくれた。あらかた流したあと、シャワーヘッドを壁のフックに戻したエドワードは、「チヒロ、準備はどういう手順でやるんだ？」と耳元で囁いてきた。千紘は顔を赤くして俯く。エドワードはどうあっても手伝うつもりだ。エドワードの手がそっと臀部《でんぶ》に触れてきた。谷間に指が滑りこんでくる。慌てて離れようとしたが、逞しい腕が腹に絡まってきて壁に押しつけられた。

「ここを洗浄するんだろう？」

「待って……っ」

ぬるりと指が後ろに入りこんできた。さっきのボディソープの香りが強くなる。エドワードは指にソープを絡めて挿入したらしい。くちゅくちゅと音がして猛烈に恥ずかしかった。

「チヒロ、力を抜いてくれ。指が入らない」

半泣きになりながら千紘はそろそろと力を抜いた。指がぐっと根元まで埋めこまれ、粘膜をかき回す。初めてのときの痛みを、体が思い出すことはなかった。あまりにも状況が違いすぎて、現在の羞恥でいっぱいいっぱいで、過去のことなどどうでもよくなっている。

「あっ」

ときおり指が感じるところを掠める。声が出てしまうのを止められなかった。気持ちよくて、これは前戯《ぜんぎ》ではないのに、壁に縋って尻を後ろに突き出すような体勢になってしまう。

「指を増やそう」

ぬるりともう一本の指が入ってくる。二本の指が中で広げられると、カッと粘膜が熱くなった。こんなに気持ちよくてどうしよう、と千紘は壁のタイルに爪を立てる。千紘の性器はすっかり復活して先端を濡らしていた。エドワードはきっと気づいている。見られているかもしれない。でもどうすることもできなかった。

「チヒロ、ソープを洗い流そう」

シャワーヘッドがふたたびフックから外され、千紘の後ろに当てられてきた。二本の指で広げられたそこに勢いよくシャワーの湯が注ぎこまれる。異様な快感が背筋を這い上がってきた。

「ああっ、あっ、いや、エド、やめてっ」

「チヒロ、ソープはきれいに流しきらないと、粘膜は繊細だから」

逃げないように押さえつけられて、長いあいだ——千紘にとっては永遠にも思える時間——

そこにシャワーを浴びせられた。こんな方法で気持ちよくなりたくないのに、どうしようもない。けれど決定的な刺激はなくて、千紘はいけない体を持て余した。

シャワーが止められたときは、もうぐったりと疲れ果ててしまい、千紘はずるずると床に座りこんだ。勃ちっぱなしの性器が痛いくらいだ。

涙目でエドワードを見上げると、頬を上気させ、栗色の瞳を獰猛《どうもう》な光でギラつかせている。目線にあるエドワードの股間は、完全に勃起していた。今まで幾度も愛撫してきたペニスだが、やはりこんなに明るいところで目にしたのは初めてだ。ものすごく興奮しているらしくて、先端から先走りが滴るほどに溢れている。

準備を手伝うとか協力とか言いながら、結局、エドワードは千紘を恥ずかしがらせて苛《いじ》めたかったに違いない。それで高ぶっている。けれど嫌いになれない自分が悔しくて、千紘はつい恨めしげに睨んでしまった。するとエドワードの屹立《きつりつ》がさらにぐぐっと反り返り、一回り膨らんだようだった。どうしてそうなるの、と畏怖《いふ》すら覚えたとき、「チヒロ」とエドワードが上擦った声で呼んだ。

「わあっ」

いきなり抱き上げられて驚いた。濡れたままエドワードはバスルームを出てしまい、行儀悪くドアを足で蹴り開ける。落とされたら大変とばかりに千紘はエドワードの肩にしがみついていた。廊下とリビングを抜け、エドワードはベッドルームへと向かう。

「エド……ッ！」

抱き上げた千紘ともどもエドワードはキングサイズのベッドにダイブした。体の水滴がベッドシーツに吸い取られる。濡れた髪をエドワードの両手がかき混ぜてきた。

「チヒロ、チヒロ、チヒロ」

「あ、んっ」

大きな口が覆い被さってきて、千紘の口を塞ぐ。痛いほどに舌を吸われたかと思うと、一転して柔らかく絡められた。上からずしりと体重をかけられて身動きできない状態でぬるぬると口腔をまさぐられ、千紘は半ば無理やり快感を与えられる。エドワードのキスは元から好きだ。全裸で抱きしめられて濃厚にくちづけられれば、どうしたって気持ちよくなる。

千紘はエドワードの濡れた背中に両腕を回し、全力で抱きついた。このまま抱いてほしい。なにをしてもいいから、身も心もエドワードのものにしてほしい。

隙間なく抱き合う腹のあいだで二人の性器が押しつぶされていた。腰を揺すればそれがゴリゴリと擦れて気持ちいい。二人分の先走りで腹がべたべたに濡れた。

「チヒロ、見せて」

「なに？」

「大切なところ。今から、私とひとつになるところだ」

「嫌です。見ないで」

「見ないとできないだろう?」

「見なくてもできます」

「頼むから、チヒロ」

懇願されて仕方なくベッドに腹這いになり、千紘は羞恥を堪《こら》えて膝を立てた。尻だけを高く掲げて恋人に向ける。バスルームよりもずっと薄暗いから、なんとか我慢できた。エドワードの手が臀部を撫でる。息がかかるのは、とても顔を近づけているせいだろう。エドワードの手が谷間を広げた。

「ああ、チヒロ……美しい……」

どこを賛辞しているのか。恥ずかしくてどうにかなりそうだと千紘が顔を枕に埋めたときだった。ぬるりとした生温かなものが谷間をなぞった。びちゃっと濡れた音がして、それがエドワードの舌だと気づく。

「やだ、エドワード、やめてっ」

這って逃げようとしたががっしりと腰を抱えこまれているうえに、後ろの窄《すぼ》まりを舌で幾度も舐められて力が抜けていってしまう。淫《みだ》らな声が出てしまいそうなほど気持ちがよくて、千紘は枕にしがみついた。

「エド、エドぅ、やめて、ください……」

頼んでも舌は離れていかない。むしろぐいぐいと舌先が中に入ろうとする。やがて指がぬるりと入りこみ、そこに舌を添えられて、内側の粘膜をとうとう舐められてしまった。

「ああ、ああ、ああっ、やだ、こんなの、やだぁ」

触れられていない性器から漏れてしまいそうなほどの快感に、千紘は泣きだした。指は二本に増やされて、舌はもっと奥まで入ってくる。じっとしていられなくて無意識のうちに尻を振り、媚態《びたい》を振りまいていたが、千紘はそんなことを知らない。

「エド、もう、もういいから、早く」

指と舌に翻弄され、千紘は男を欲しがって疼《うず》く粘膜を持て余し始めた。指よりもっと太くて長いもので貫いてほしい。奥まで暴きたてて、自分をもっとダメにしてほしい。

「ああ、チヒロ……」

舌と指がやっと中から出ていってくれた。ホッとしたと同時に、次に与えられるものへの期待が高まって鼓動が激しくなる。解された場所に熱いものがぐっと押しつけられた。そのままゆっくりと体重をかけられて、エドワードが体を繋いできた。

二度目の挿入行為ではあるが、愛情を確かめ合ってからは初めてだ。ひどい圧迫感はあったが、覚悟していたほどの痛みはない。さんざん指と舌で弄られたからだろう。それに加えて、エドワードが素晴らしい自制心を働かせ、おのれの性衝動をコントロールしてくれているに違いない。

小刻みにエドワードが動き始め、千紘は胸を反らして喘いだ。前戯で敏感になっていた粘膜が、極上の快感を生んでいる。たまらなくなって、千紘は自分の性器を握った。たらたらと先走りを零し続けていたものを擦ると、気持ちよくて後ろをきゅっと締めてしまう。するとエドワードの存在感がありありと伝わってきて、あまりの悦楽に声が止まらなくなった。

「ああ、ああっああ、あーっ」

体内をかき回している屹立がもっといいところに当たるよう、尻を動かしてしまう。うねる腰をエドワードがホールドし、獣のような呻き声を上げながらもっと奥を突いてきた。

「あーっ、あーっ、いや、奥、奥っ」

まだ、すべてを挿入していなかったことを知った。さらに奥まで、臍《へそ》の下までエドワードの屹立が入ってくる。頭がどうにかなってしまいそうな快感の中、千紘はいつのまにか射精していた。絶え間なく快楽を与えられ、萎える暇がない。

「チヒロ、ああ、チヒロ」

背後からうなじに顔を埋めてくるエドワードの荒い息にも感じた。エドワードが「くっ」と息を詰め、動きを止める。体の奥の奥で熱いものを注がれたのがわかった。エドワードが射精してくれたのだ。この体に。嬉しい、と千紘が心の中で呟くと、「嬉しいのはこちらのほうだ」とエドワードが囁いてくれる。どうやら声になって口から出ていたらしい。

ゆっくりとエドワードが千紘から出ていく。全身の骨がくにゃくにゃになってしまって這っているのが限界だった千紘は、支えを失ってベッドに突っ伏した。疲労だけでなく、指先まで幸せな快感に満たされて痺れている。

「チヒロ、大丈夫か？」

エドワードが仰向けにしてくれ、体調を気遣ってくれた。優しく抱き寄せてベッドに横になる恋人の、まだ上気した顔をうっとりと見つめた。

（この人は僕の恋人。僕の、恋人なんだ……）

好きなままでいい、愛していると告げてもいい、抱いてほしいと求めてもいいのだ。歓喜が胸に溢れて、千紘はエドワードにしがみつく。よしよし、とばかりに汗ばむ背中を撫でられて、まだ落ち着いていない体がぞくぞくした。

「あ……」

下腹部になにか硬いものが当たっている。手探りでそれに触れてみると、想像したとおり、エドワードのペニスだった。勃起したまま、萎えていない。きっと一回だけでは足らないのだ。それなのに千紘を思いやってセックスを終わりにしようとしてくれている。

「エドワード、これ、どうするんですか？」

「そっとしておいてくれ。じきに萎える」

「もったいないです。続きをしましょう」

「そんなことを言うものじゃない。君はもう疲れただろう？　私は愚かだから本気にしてしまうぞ」

「僕は本気で言っています」

「あ、こら」

鷲掴《わしづか》みにして上下に扱《しご》きたてた。みるみる硬さを増していく。それに比例してエドワードの眉間の皺が深くなっていった。苦しそうな表情がセクシーで、噛みしめたその唇に千紘はキスをする。ぺろりと唇を舐めてみせると、エドワードは困ったように笑った。

「初心者のくせに、君はあおり方がとても上手だ」

「もっといろいろなことが上手になりたいので、教えてください」

「君は、まったく……」

ため息をついたあと、エドワードが覆い被さってきた。両足を広げて膝裏を両手で持つように促される。股間が丸見えだ。とんでもないポーズにカーッと顔が熱くなる。それと同時に、千紘の性器が頭をもたげた。

「恥ずかしいと、君は興奮するみたいだね」

「そんなこと、ないと思います」

「そうかな」

ニヤリと笑って、エドワードが後ろに勃起したものをあてがってきた。まだ柔らかいままだったのと、放たれた体液が滲み出てきて濡れているせいもあってか、挿入はスムーズだった。

「ああ……エドワード……」

お腹をいっぱいにされて、幸福感に満たされる。エドワードにくちづけられて、千紘は陶然と微笑んだ。

「いっぱい、出してください」

「チヒロ?」

「僕の中に、たくさん、出してほしいです」

素直な気持ちを言葉にしただけなのに、エドワードが苦悶の表情になり、挿入されているペニスが一回りも二回りも大きくなった。それがまた快感で、「あ……」と喜びの声を漏らしてしまう。

「クラークに連絡をしないとまずいな」

エドワードの呟きの意味がわからない。仕事上のなにかを、今思い出したのだろうか。

ぐっと腰を引かれて、千紘は「あんっ」と甲高い声を上げた。すぐに奥まで押しこまれて、背筋がのけ反る。奥が気持ちいい。指では届かないところに千紘のなにかがあった。

「この分だと、帰国がいつになるか……」

「ああ、エド、いい、もっと奥、奥がいい」

「こうだろう?」

体を二つに折るほどにされて上から強く突かれた。エドワードの長い性器の先端が、千紘の奥を押しつぶす。声もなく絶頂に達し、千紘は泣きながら射精した。白濁は勢いがなく、だらだらと自身の腹に零れる。

「チヒロ、ああ、私をどうするつもりだ。これ以上、溺れさせるな」

エドワードがなにかを訴えてきていたが、激しく揺さぶられている千紘にはよく聞こえなくて、理解できなかった。

その夜は、エドワードの肉体を全身で感じることがすべてになっていた。ただ、「愛している」という言葉と、名前を連呼されたことだけはわかった。異国のホテルで、千紘は恋人を手に入れた。そして愛の行為に没頭する素晴らしさを覚えたのだった。

疲れを感じたら眠り、空腹になったらルームサービスで食事を取り、ベッドルームだけでなくバスルームでもリビングでも、愛し合いたくなったらキスをした。

気がついたら翌日の夜になっていた。

素肌にガウン一枚を羽織り、リビングのソファでチーズを囓《かじ》りながら、二人はワインを飲んだ。こんな自堕落《じだらく》な時間を過ごすのは初めてで、千紘は楽しい。足腰に力が入らなくて満足に歩けなくても、エドワードが抱っこして運んでくれるから不便はない。

「アーサーのアドバイスは、どこかへ行ってしまったな」

「弟さんになにかを相談したんですか」

ふと思い出したようにエドワードがアーサーの名前を出した。

「君との関係で悩んでいたから、恋愛経験豊富な弟に助言を求めたんだ。答えはシンプルだったよ。『真摯に愛を乞う。駆け引きをせず正面から』と言われた」

「それは……僕にもあてはまる助言ですね」

エドワードにそんな言葉を贈ったアーサーとは、いったいどんな人なのだろう。いつか会えるだろうか。

「こちらから帰国して君に会うまでに、いろいろと考えをまとめるつもりだった。ところが君がここに現れて、私は軽くパニックになった。まだ心の準備が整っていないのに、ってね。チヒロは意外と行動力があるな」

「自分でもびっくりしました。気がついたら、あなたに会いたい一心で、パスポートだけを持って空港へ向かっていましたから」

「来てくれてありがとう」

エドワードがワイングラスを置き、その手で千紘の後頭部を引き寄せる。ワイン味のキスをして、もう何度目になるかわからないセックスをした。

千紘とエドワードがアメリカに戻ったのは、それから三日後のことだった。

当人たちは知らなかったが、この一件はラザフォード家の中では物議をかもしていたらしい。曰《いわ》く、「真面目で堅物な長男が、恋人と色欲に溺れてヘルシンキのホテルに籠城《ろうじょう》した」とか、なんとか。クラークから二人の動向が伝わったのは明白で、そのあとエドワードと一揉めあったと聞いた。

千紘はエドワードと一緒にボストンに帰ると、そのままアパートメントに戻ることなく恋人の自宅で寝泊まりするようになった。同棲するつもりはなく、ただ離れがたくて毎日帰りそびれてずるずると——という感じだ。遠慮がなくなったエドワードは、限りなく甘く、優しかった。

二人の関係を知っているのはアレックスとクラークだけ、という内緒の交際を続けていたわけだが、ある日、社長室に呼び出された。ラザフォード・コーポレーションの社長は、エドワードの父親だ。なにを言われるのか恐ろしく、ガチガチに緊張して社長室に向かった。行った先、社長室の扉の前にエドワードが立っていた。ホッとして思わず駆けだし、恋人の胸に飛びこんでしまう。

「大丈夫、私も一緒に会うから」

「いいんですか?」

「父は柔軟な人だ。アーサーの恋人にも会っている。リラックスして、いつものチヒロでいてくれればいい。なにか聞かれたら、正直に答えるのが気に入られるコツだ」

「なにを聞かれるんでしょうか」

「それはもちろん、『君は私の息子を真剣に愛しているのか?』だろうね」

「ああ、そういう……」

安堵して笑みが零れた。そんなに簡単な質問なら余裕で対応できる。

千紘は気を取り直して深呼吸し、エドワードと手を繋いだ。そして二人揃って、一歩を踏み出した。

おわり

君の香り

エドワードは、たったいま千紘の口から出た言葉が信じられなくて愕然とした。

「も、もう一度、言ってくれないか。聞きまちがいかもしれない。君がアパートメントに帰りたいと言ったように聞こえたんだが……？」

「はい、言いました」

ニコッと笑ったエドワードのスイートハートは、平然と食後のコーヒーを飲んでいる。朝の光がさんさんと降り注ぐ明るいダイニングで、二人は日曜日のブランチを楽しんでいるところだった。

テーブルの上にはちょうどいい焼き具合のハムエッグと最近気に入りの店のバゲット、新鮮なトマトとアボカドのサラダ、淹れたてのコーヒー。その向こうに愛する千紘の笑顔。これ以上の休日があるだろうか。

昨日は素晴らしい時間を過ごすことができた。千紘の全身にくちづけ、何度もいかせて、何度も愛の証を注ぎこんだ。思い出すだけで体が熱くなるほどだ。

ヘルシンキで想いを通じ合わせてから一カ月ほどがたつ。ボストンに帰ってきて以降、千紘はずっとエドワードの家で寝起きしていた。ほぼ同棲状態だ。

エドワードは千紘が愛しくて、毎晩のようにセックスを求めている。もちろん平日は挿入に至ることは控えていた。我慢できなくて体を繋ぐことはままあったが、それでも回数を控える努力をしている。千紘にとって仕事はとても重要で、セックスのせいで会社を休むほどに体調を崩すことは避けなければならないからだ。

しかしその我慢も休日は解禁となる。土曜日の昼間から、千紘をベッドに誘った。千紘は羞恥を滲ませながらも応えてくれ、奥深くまでエドワードを迎え入れてくれた。

それから夜まで、二人でベッドルームにこもった。千紘は情が深い。それがセックスにも表れている。エドワードをどこまでも許し、受け入れ、ときには能動的になって淫らな面をちらりと見せてくれ、たまらない気分にさせてくれる。

こんなに身も心も相性がいい恋人ははじめてで、エドワードはいい年をして、千紘に溺れている自覚があった。午後中ずっとセックスをして、疲れ果てて夜中にシャワーを浴びたあと、二人は手足を絡ませたまま眠りについた。

そして今朝、ゆっくりと起きてきて、ブランチを取っていたところに爆弾が落とされたのだ。

「アパートメントに帰るって……どうしてだ？」

なにか機嫌を損ねるようなことを言ってしまったのだろうか。それともさすがにセックスがしつこかっただろうか。千紘のすべてを手に入れることができて、調子に乗りすぎていたのかもしれない。直せる部分はすべて直すから、このままずっと、この家にいてほしい。

土下座をすることまで検討しはじめたエドワードに、

「どうしてって、取りに行きたい荷物があるんです」

千紘がさらっと理由を話した。「荷物？」と聞き返したエドワードに、「はい」と千紘。

「いつのまにか季節が秋になってきました。服とか、身の回りのものとか、取りに行きたいなと思って」

エドワードが思い切り安堵のため息をつくと、千紘が戸惑った顔で見つめてくる。

「いけませんか？」

「いや、いい。つまり、秋物の衣類や日用品を取りに行きたいだけ、ということなんだな？」

「そうです」

それ以外になにが？　といった表情をされて、エドワードは苦笑した。

「今日はとくに用事がないから、午後に行こう。私が車を出す」

「車を？　いいんですか？」

「荷物があるならその方が早い」

「ありがとうございます」

屈託のない笑みが眩しい。このあとすぐにベッドルームに逆戻りしたくなってしまう。その無垢な笑みを快楽で陶然とさせたい衝動に駆られ、エドワードはおのれの欲深さに呆れた。

午後になってから、エドワードが自分の車を出して、千紘を含め日本から来た一ツ木薬品の社員たちが住むアパートメントに行った。

助手席に乗った千紘からは、ほのかに爽やかな香水が匂ってくる。まだ二人の気持ちがすれ違っていたころ、エドワードが贈った香水だ。一度は拒まれたプレゼントだが、ヘルシンキから戻ったあとに千紘は受け取ってくれた。ときどき使ってくれている。千紘が持つ清潔感によく似合う、控えめで爽やかな香りだ。しかし時間の経過とともにチヒロの体臭と混ざり、どことなく甘い香りに変化していく。これを選んだ自分に、エドワードは満足していた。

エドワードの家からアパートメントまでは、車で十五分ほどだ。そう遠くない。千紘を入れて日本から呼び寄せたのは十名。会社が借り上げたアパートメントは、目の前の道を路線バスが走っていて、近くに食料品店もある好立地に建っている。立地がよいために賃貸料は安くない物件だが、仕事に集中してもらうためには必要な出費だと納得して、エドワードが選択した。

エドワードは車を路上に停車させ、千紘といっしょにアパートメントに入った。ドアマンは常駐していないがエトンランスは暗証ナンバーが必要だ。エドワードはこの番号を知っている。千紘のあとについて階段を上がりながら、エドワードはだんだん気持ちが沈んできた。かつて、一度だけ暗証ナンバーを使用した。そのときのことがしだいに思い出されてきて、足取りが重くなる。

千紘はあのときのことを、もうなんとも思っていないのだろうか。そんなわけはない。ヘルシンキのホテルで謝罪したあと、二人のあいだで話題になったことはなかった。薄手のコートに包まれたほっそりとした背中からは、心情はなにも窺えない。

千紘の部屋は、約一カ月の住人の不在にふさわしく、空気がこもっていた。すべての窓を開けて空気を入れ換え、千紘は「すぐに終わります」と言いながらてきぱきとクローゼットから荷物を出しはじめた。

エドワードはぐるりと室内を見回す。あの日となにも変わっていない。家具の配置も、カーテンの柄も、カーペットの色も。ベッドはきちんとメイクされた状態で、そこにあった。

あのとき、行きずりの男に体を与えようとしていたと千紘の口から聞き、エドワードは頭に血が上った。じつは、最中のことはよく覚えていない。それほど我を忘れていたのだ。ただただ千紘を我がものにしたくて、怒りをぶつけたくて、見ず知らずの男に汚されるくらいなら自分が——と、それだけだった。

気がついたら、自分の下で千紘がぐったりしていた。尻から出血しており、鉄の匂いが鼻についた。知らなかったとはいえ、千紘はあれがはじめてのセックスだったのだ。

ああ、とエドワードはその場に膝をつき、両手で頭を抱えた。

どうして忘れていたのだろう。あれほど酷いことをしておきながら、この世の幸福をすべて手に入れたと思っていた。千紘はどれほど怖かっただろうか、どれほど痛かっただろうか。まぎれもなくレイプだった。

それなのに、千紘は後にエドワードを愛していると言ってくれ、恋人になって、セックスさせてくれた。優しく抱きしめてくれ、くちづけてくれ、ずっといっしょにいてくれている。

「エドワード、どうしたんですか？」

そっと肩に手が置かれた。その手をぎゅっと握りしめ、「すまなかった」と心から謝罪する。

「私は、ここで君に酷いことを……」

「もしかして、あのときのことを思い出したんですか？　もう過ぎたことですよ。あなたからは何度も謝罪の言葉をもらいました」

チヒロの声は柔らかくて、無理にそう言っているようには聞こえなかった。しかし——。

「何度謝っても、あの罪はなくならない」

「あれは僕も悪かったと言いましたよね。自棄になっていました。わざと露悪的なことを口走り、あなたを挑発したんです」

「チヒロ、だが……」

「たとえ多少乱暴だったとしても、僕はあなたに抱かれて幸せを感じていました。だからもういいんです。さあ、立ってください」

千紘に促されて立ち上がる。優しく抱きしめられて、そっとキスをされた。まるですべての罪を浄化してしまうような、慈しみが溢れた触れ方だった。

「愛しています」

「チヒロ……！」

めったに聞くことができない千紘からの愛の言葉に心が揺さぶられ、エドワードはかき抱いた。触れるだけのキスでは物足りない。深く唇を重ね、舌を絡めた。千紘の後頭部を片手で押さえ、喉の奥まで舌で愛撫する。腕の中の千紘が身動ぎ、「んっ」と鼻にかかった甘い声を漏らして体温を高めた。

その首筋からふわっと香水が立ち上ってくる。嗅ぎ覚えのある、本人の体臭と混ざった香りとはすこし違っているように思った。くちづけを解き、潤んだ黒い瞳を見つめてしばし原因を考える。不意に思い当たった。

自分の匂いだ。千紘の体臭と交ざっているのだ。昨日、さんざん愛し合った。シャワーを浴びて、情事の名残を洗い流したつもりだったが、すべては落としきれていなかったのか。いや、染みついてしまったのかもしれない。

その可能性に気づき、エドワードの体に火がついた。昨日あれほどしたのに、独占欲と征服欲に彩られた愛情が一気に膨れ上がってくる。

「エドワード……あの、固いものが、お腹に当たっているんですけど……」

頬を赤く染めて困惑しているチヒロの唇を塞ぎ、また舌を絡めた。自分でもどうかしていると思う。千紘が欲しくてたまらなかった。

「あ、ん、エド、んっ、あっ」

コートを脱がし、重ね着しているセーターとシャツの裾から手を入れる。千紘の滑らかな素肌を撫でるだけで、てのひらから快感が沸き起こった。もっともっと千紘に触れたくて、ベッドに押し倒す。窓から差しこむ陽光に、舞い上がった埃がキラキラと光った。

「チヒロ、チヒロ、愛している……」

セーターとシャツをめくり上げて白い胸を露わにする。昨日、自分がつけたキスの痕が、赤い花弁のように無数に散っていた。健気に尖って勃っている小さな乳首のまわりは、とくに酷かった。そこにあらたな吸い痕をつけ、乳首にも舌を伸ばす。

「あ、あっ、あんっ、エド、ああっ」

白い肢体をくねらせて、千紘が扇情的に悶える。まったく嫌がっていない。昨日とおなじように、エドワードにすべてを預けて、この唐突にはじまった情事を受け入れてくれている。

ここで、このベッドで、千紘を最高に感じさせてあげたい――。エドワードはそう思った。

千紘は許すと言ってくれたが、そう簡単に忘れられるはずがない。エドワードも忘れられない。ではどうすればいいか。記憶を上書きするのが、きっと一番いい。こんどは極上の快楽で包みこんであげたい。

千紘の体からは、やはり香水と本人の体臭と、微妙にエドワードの体臭が交ざった匂いがしていた。たまらなく興奮する。

千紘の下肢から衣類を取り去り、そこにもくちづけた。自分のものとは別物のような、きれいなフォルムと色をした千紘のペニス。これを口腔で愛撫することに、最初から抵抗はなかった。熟した果物のようなそれを舐め、唇で扱き、千紘に嬌声を上げさせる。

尻の谷間にも舌を伸ばした。昨日、何度も散らした窄まりは、まだ柔らかかった。舌をねじこむと、すんなりと開いてくれる。

「ああ、ああっ、エド、そこは、いやぁ、舐めないでぇ」

恥ずかしがって耳まで真っ赤になっている千紘が可愛い。もう何度もこうして愛撫しているのに、千紘はいつまでも恥ずかしがる。可愛い。もうどうしてくれよう、と叫びたくなるくらいに可愛い。

「もう、入れて、おねがい……エド……」

「チヒロ、まだ――」

「ねえ、欲しい」

とろん、と蕩けた目で可愛くねだられたら断れない。いくら緩んでいるといっても、もうすこし解した方がいい。わかっているのに、エドワードは我慢できなかった。セックスを覚えたばかりの十代のころよりも忍耐力がなくなったかもしれない。

エドワードは急いで自分の下肢を露わにし、千紘の両脚を脇に抱えこんで窄まりに屹立をあてがった。さすがに一気に貫くほど分別をなくしてはいない。ゆっくりと腰を進めて、千紘の中に入った。ねっとりと締めつけてくる熱い粘膜に、エドワードは全面的に白旗を揚げるしかない。

「チヒロ、痛みはないか?」

なんとかそれだけは聞くことができたが、答えを待つあいだにもう体が動いていた。ぐっと奥を突くと、千紘が「あんっ」と可愛い声を出す。

「い、いい、エド、もっと」

千紘が両腕を伸ばして首にしがみついてきた。くちづけながら、千紘が感じずにはいられない最奥を責め続ける。安物のシングルベッドが、ぎしぎしと絶え間なく悲鳴を上げた。

結局、ベッドで二回、体を洗うために入ったバスルームで一回セックスして、二人が帰路についたのはとうに日が暮れた時刻だった。家に帰り着いた二人はかなりの空腹で、とりあえずなにか簡単に用意しよう、とキッチンに入ったとたんに、同時に腹の虫が鳴った。

思わず顔を見合わせて笑ってしまう。

「チヒロは座っていてくれ」

二日に渡る荒淫でふらついている千紘をダイニングテーブルにつかせ、エドワードはバゲットを切った。冷蔵庫から数種類のチーズも出し、適当に切って皿に盛り、ワインを開ける。

「これで足りますか？」

千紘が心配して聞いてくれた。

「大丈夫だ。君をたくさん食べさせてもらったから、満たされている」

本心を口にしただけなのに、千紘は頬を赤くして怒った顔になった。そのあと、空きっ腹にワインを投入した千紘は、早々に酔っ払った。テーブルに突っ伏して寝息を立てはじめる。

くにゃくにゃの軟体動物になってしまった千紘をリビングのソファに寝かせ、エドワードはその寝顔を眺めながらひとりでワインを飲んだ。

この愛しい生き物に乱暴してしまった罪は、エドワードが一生背負っていかなければならないものだ。けれど許してくれたチヒロの気持ちも大切にしたいし、今日の愛が溢れたセックスは大切な記憶になった。

「……エド……」

寝言だろうか、千紘がちいさく呟いた。

エドワードは自分が微笑んでいることに気づかないまま、静かにワインを飲んだ。そしていつまでも千紘の寝顔を眺め続けていた。

おわり

あとがき

こんにちは、はじめまして、名倉和希です。ダリア文庫「副社長の紳士的な熱愛」をお手に取ってくださって、ありがとうございます。今作は「アーサーシリーズ」と呼ばれているもののリンク作になります。ですが、シリーズの登場人物はほとんど関わってきませんので、単品として読んでくださってかまいません。今作はアーサーの兄・エドワードの恋バナです。

スパダリ攻めでありながら小動物系の受けを溺愛し過ぎて頭がおかしくなった、だけでなく、変な性癖まで発動してしまったアーサーのお兄ちゃんは、いったいどんな恋愛をしているのか？　弟とおなじように、相手を愛するあまりに残念なスパダリに成り果ててしまうのだろうか？　そんな疑問を抱いたものですから、エドワードのプライベートを覗き見する心境で書いてみました。……………こんな感じになりました。

やっぱり血は争えない。エドワードもアーサーと似たような世話焼きでした。過保護で過干渉、嫉妬深くて絶倫。端から見たら最悪ですが、千紘がそれで満たされているようなので、どっちもどっちです。

今後、エドワードは無自覚のまま公私混同しまくって、秘書のクラークや妹のアレックスに苦言を呈されつつも千紘をそばに置くんでしょうね。千紘はクラークほどではないけれど仕事ができるし、なにしろ真面目なので、周囲は本人につっこんだことは言えなさそうです。

言われるとしたらエドワードでしょうね。「恋人を秘書にして帯同させるなんて、副社長はなにを考えているんだ？　でもチヒロは真面目に頑張っているから悪くない。謙虚だし」みたいな感じで。

むしろ、加減がわからないエドワードに高価なプレゼントを贈られまくり、それを断りまくり、干渉されまくっている千紘の姿を社員が目撃し、「大変なひとに惚れられたな」と同情されるかも。仕方がありません。ラザフォード家の男に愛されると、どうしてもそうなります。

クリスマスには、ラザフォード家で時広と千紘が対面するかもしれません。日本語で雑談しているうちにおたがいの恋人関係の苦労話で盛り上がりそうです。

その横でエドワードとアーサーが「恋人自慢」をはじめてしまい、それが聞こえてきて居たたまれなくなった時広と千紘がこっそり抜け出し、仲良く外を散歩していたらなにかの騒動に巻きこまれたりして――って、いけない、一本書けてしまう。

今回もイラストは逆月酒乱《さかづきしゅらん》さんです。引き受けてくださって、ありがとうございます。逆月さんが描く千紘が楽しみです。シリーズ完結記念で食事会をしたのは、ちょうど一年前でした。また機会があればお会いしたいです。

さて、波乱の幕開けとなった二〇二〇年。この本が発売されるころ、世界はどうなっているのでしょうか。すこしは治まっているのでしょうか。こんな状況になってみてはじめて、日常のありがたさを痛感しました。もともとインドア派なのでステイホームは難しくないのですが、同人誌即売会等のイベントがなくなるのは寂しいです。同業の友人達とも会えませんし。

とはいえ、生きていかねばなりません。腐女子、貴腐人の生きる糧は、BLです。寂しい、虚しい、なにもやる気が起こらない。そういうときは燃料投下。ほら、そこにBLという、宝の山が。よりどりみどりですよ。

作家が書いたものを、編集さんたちは在宅で本にするためにせっせと作業を続けてくれています。それを印刷所がせっせと製本し、流通業の方達がせっせと運んでくれています。電子書籍の場合も、専門の部署の方たちがせっせと編集してくれています。

BL好きの私たちのために！　なんて尊い！　我々はそれを消費するだけなんですよ。ありがたくいただきましょう。

それでは、またどこかでお会いしましょう。みなさま、お元気で。

名倉和希

発売おめでとうございます
この家族……ずっと眺めてられそう
みんなで集まって家族会議してほしい笑
もちろん新しく家族になったトキもチヒロも一緒に♡

初出一覧

ダリア文庫をお買い上げいただきましてありがとうございます。
この本を読んでのご意見・ご感想・ファンレターをお待ちしております。

〒170-0013 東京都豊島区東池袋3-22-17　東池袋セントラルプレイス5F
(株)フロンティアワークス　ダリア編集部
感想係、または「名倉和希先生」「逆月酒乱先生」係

この本のアンケートはコチラ!
http://www.fwinc.jp/daria/enq/
※アクセスの際にはパケット通信料が発生致します。

副社長の紳士的な熱愛

2020年7月20日　第一刷発行

著　者
名倉和希

発行者
辻 政英

発行所
株式会社フロンティアワークス
〒170-0013 東京都豊島区東池袋3-22-17
東池袋セントラルプレイス5F
営業　TEL 03-5957-1030
編集　TEL 03-5957-1044
http://www.fwinc.jp/daria/

印刷所
中央精版印刷株式会社